# 気候変動最《ベンガル》前線にて

山家又祐
YAMAGE MATASUKE

幻冬舎MC

# 気候変動最前線《ベンガル》にて

幸恵・愛子へ

# まえがき

著者は二〇〇九年一二月から二〇一五年五月までの五年半をバングラデシュのダッカに勤務した。『ネイチャー』誌で国際公募された高病原性鳥インフルエンザを主とする人畜共通感染症のコントロールをベトナムか、インドネシアまたはバングラデシュという世界の流行病《パンデミック》の「中心地」で取り仕切るという国際連合食糧農業機関（FAO）のポジションだった。

応募して間もなく電話でのインタビューがあった。まだスカイプやZoomが普及していなかった頃、バンコクのS氏、ローマのD氏との三極インタビューだった。S氏は以前ケニアのナイロビで研究をしていた時の上司でその時はFAOのアジア太平洋地域の越境性動物感染症緊急センターの地域マネージャー、D氏はローマのFAO本部の主席獣医官だった。

当時の勤務先であった国際獣疫事務局（OIE、現在のWOAH）アジア太平洋事務所の上司である地域代表のF氏に合格の通知とともに送られてきた契約書を見せて相談すると、元FAO本部で働いた経験があったので、いくら一七万ドルと年俸が良くてもFAOは大きな組織だから無用になったら情け容赦なく捨てられちゃうよ、特に日本人ならそうだとアドバイスされた。しかし、気候変動の最前線と言ってよいバングラデシュという未知の国への好奇心は抑えられなかった。麹町の「グランドアーク半蔵門」のレストランで歓送会をして送り出していただいた。

本書は、その五年半の体験をヒントにして主人公「マット・ヤマゲ」によって戯曲文学の形を借りて書かれたフィールド・レポートである。ただし、登場人物名やキャラクターや記載されたその行動は公的な人物以外、著者による創作《フィクション》である。背景の理解を助けるために事実については脚注をつけた。

目次

# 主要登場人物

（　）内は年齢

マット・ヤマゲ（41）国際連合食糧農業機関・越境性動物感染症緊急センター代表
カラム・チョードリー（38）同疫学者
ニティッシュ・ドブナッハ（41）同ワンヘルスおよび獣医学教育担当上級技術顧問
（元大学副学長）
バキ・チャンドラ（55）同獣医師・元畜産局主席獣医官
ミロン・アーメド（30）同システム・マネージャー
アミナ・チャタジー（31）同秘書
イスマイル・ラーマン（55）同ドライバー
フランツィスカ・ゼーマン（32）同公衆衛生専門家
レオ・バース（40）同疫学専門家
ドン・ブラウン（33）同公衆衛生専門家
ビダン・ホック（52）中央家畜疾検査所・室長
アシュラフ・アクター（58）漁業畜産省主席獣医官

# 1　ベンガルの魔法使い

## 登場人物

蛇使い（70）ベデ族[1]のバングラデシュ人

蛇使い助手（20）

子供1（7）生鳥市場《ライブ・バード・マーケット》に住み着いている一家の子供（兄）

子供2（5）生鳥市場に住み着いている一家の子供（弟）

## あらすじ

「ベンガル人の国」という意味を込めたバングラデシュはこれまで一般にはよく知られてこなかった、[2]謎の国と言っていい。前知識を持たずに飛び込んだ南アジアの国は不思議に満ちて好奇心をそそらずにはいない。不思議に思えるのは見る者の理解が足りないだけだとマット・ヤマゲは考えている。

### 繁華街にある生鳥市場《ライブ・バード・マーケット》[3]・構内広場

蛇使い[4]が地面に敷かれたジュート製のラグの上に無言で座っている。

あぐらをかいて座る蛇使いが笛を吹き始める。

周囲には幾重《いくえ》にも人垣ができている。

蛇使いの膝《ひざ》の前に置かれた籠《かご》のふたを助手の若者が開けるとコブラがおもむろに首を出す。

前列に座っている子供たちから驚きの声が上がる。

---

1　伝統的に川で生活し、旅をし、生計を立てているため、「ウォーター・ジプシー」または「リバー・ジプシー」とも呼ばれている。

2　一九七九年以来刊行されている『地球の歩き方』がバングラデシュを取り上げたのは二〇一二年、一九七三年に創刊された『ロンリープラネット』は二〇〇八年にバングラデシュを取り上げた。

3　主にニワトリが生きたままで販売される。ダッカでは一日五十万羽取引される。購入者はその場で鳥を選びさばいてもらう。

4　蛇使いは伝統的療法を施したりマジックを見せたり、無くし物を探したり、お守りを売ったりもする。旅芸人、行商人のように家々・村々を回って仕事をする。

人垣の間から覗き見るマット・ヤマゲとカラム・チョードリー。

マット・ヤマゲ　おっ、蛇使い。あれはインドコブラかな。よくなついてるな。そうでなきゃ危険すぎるよね。猛毒なんだから……日本にも奄美大島にハブがいるけど、インドコブラはもっと強毒だからね

コブラ、籠から頭をもたげて二股の舌を出しシューッ、シューッと威嚇《いかく》の音を発しながら笛の動きに合わせて首を左右に振る。

一瞬、コブラが見物人の方を振り向く。

固唾《かたず》を飲んで見守っていた二人の子供たち、のけぞって顔を見合わせ歓声を上げて喜ぶ。

子供1　こっちに飛びかかってくるよ！

子供2　違うよ、空に飛び上がるんだよ！

**カラム・チョードリー**　あれはなついてなんかいない、コブラはかなり怒ってますね。踊ってるのではなく攻撃の体勢ですよ。首の襟が開いてますから。蛇使いが吹いている笛《ココナッツ・プーンギ》6を獲物か敵だと思って追っかけてるんですよ。まあ、毒腺は除いてあるから危険はないのでしょうけど

**マット**　ああ、あのひょうたんみたいな笛ね、ココナッツなんだ。竹のようなパイプが下についてる。日本の尺八みたいだな。音は陽気だけど。蛇は音楽の音色がわかるのかな

**カラム**　笛の音で蛇を操《あやつ》っているみたいですね。蛇使いは田舎に行くとまだ風邪をはじめ万病に効くという薬を売ったり、お守りを売ったりして人気を博しています。死んだ人を蘇らせたりする治癒者《ヒーラー》だと信じられたりもします。魔法使い《マジシャン》扱いです。インドでは動物保護法で蛇使いは禁止されてしまいましたがバングラデシュではまだ健

5　コブラ科コブラ属に分類される毒蛇。頭巾にめがね模様がある。別名メガネヘビ。学名ナジャ・ナジャ。

6　蛇使いが使う笛。底に竹管などを二本のり付けして差し込んだもの。バグパイプのような音が出る。

在です。

マット　魔法なんて現代では手品でなければ『ハリー・ポッター』の話に出てくるホグワーツ魔法魔術学校の中でしかあり得ないけどね

◆　◆　◆

同生鳥市場《ライブ・バード・マーケット》の屋内に入る。

鶏が身動きが取れないほどすし詰めに閉じ込められた竹製の檻がびっしりと並んでいる。

建物の内部は埃《ほこり》が宙に舞っている。

鶏の喧《かまびす》しい鳴き声が室内に満ちている。

鶏の籠《かご》の上の天井桟敷には市場労働者の一家が住み着いている。

液晶テレビまで備わっている。

## 事務所への帰り道・車中

マットとカラム、車中。

**マット**　バングラデシュは鶏などのあいだで高病原性鳥インフルエンザのアウトブレイクの発生が世界でエジプト、インドネシア、ベトナム、カンボジア、中国と並んで多い国なのに、人での鳥インフルエンザ感染と感染による死者数が驚くほど少ない

**カラム**　謎ですね

**マット**　謎も謎、大謎だよ。こんなに鶏と密接に暮らしているのに感染しないなんてどういうことだい？　大勢の買い物客もそうだが、ここに鶏と一緒に同じ屋根の下に住んでいる一家さえもいる。先日、アウトブレイクが発生した村でほとんどの鶏が死んでいる鶏舎を訪れた時裸足の幼児がヨチヨチ入ってきたのにはギョッとしたよ。僕らは防護服にマスクとゴーグルをつけてるっていうのに。

カラム　そうでしたね

マット　国際会議でバングラデシュの報告をするといつも決まって一番多い反応は国の検査能力が低いのじゃないかというものだ。僕らが市場の排水設備を改修したり、定期的に市場を空にして消毒をさせたりしている努力のことにはちっとも注目してくれないのにね。嫌になるよ。検査能力は劣っちゃいない。ラボのスタッフの訓練もしている。新型インフルエンザ・Ｈ１Ｎ１《エイチワンエヌワン》[7]の発生は各国並みに起こっているのを検出しているからね

カラム　Ｈ１Ｎ１《エイチワンエヌワン》が検出できてＨ５Ｎ１《エイチファイブエヌワン》[8]ができないってあり得ませんからね。同じリアルタイムＰＣＲで検査するわけだから

マット　そうだよ。そうだとすると、なぜ低いのかってことが問題になるね

カラム　わたしたちバングラデシュ人は感染しにくい？

**マット**　素朴《ナイーブ》に解釈すればそうなる。この市場のように各地から鶏が集められるところは感染してまだ発病していない鳥が未感染の鳥と接触して感染爆発が起こりうる、いわば感染の中継地となりうる場所だ。ここで鳥を買いにきた客とウィルスが出会うわけだからもっと人の感染が増えたっていいはずなんだ。それがインドネシアでは一五年間に二〇〇人の感染が起こり一六八人の死者、エジプトでは三五九人の感染で一二〇人、ベトナムでは一二七人の感染で六四人が死んでいるというのにバングラデシュでは八人の感染しかなくて亡くなったのは一人だけ、それも持病のある老人だった

**バキ・チャンドラ**　あまりにもウィルスにしょっちゅう晒《さら》されているから自然に抵抗力がついてしまったのか、そうでなければ奇跡、魔法としか言いようがありませんね

**マット**　魔法のことを科学の分野ではファクターXって言うけどね

---

7　A型インフルエンザウイルスの亜型《サブタイプ》のひとつであり鳥よりもブタやヒトに感染しやすい。

8　A型インフルエンザウィルスの亜型《サブタイプ》のひとつで鳥類とくに水禽類に感染しやすい。

# 2　どう生きるかが問題・シュンドルボン[9]

登場人物

ラザ（19）ベンガル・タイガー

ナズルル・イスラム（35）動物園の副園長兼キュレーター

あらすじ

ミルプール地区[10]にある国立動物園は老朽化し収容動物たちの死亡が相次いでいる。一方、隣にある政府の中央《セントラル》養鶏場[11]では繰り返し高病原性鳥インフルエンザが発生している。近隣には渡り鳥が飛来する湖がある。動物園には毎日の来園者が一万人を数える。立地が家禽飼育には理想的ではないため移転を勧告している矢先の鳥フル発生。国立動物園も国立養鶏場もバキの元の職場である漁業畜産省の所管なので責任を感じる。最も中心にいるステークホルダーであると言えるベンガル・タイガーのラザの意見を想像してみた。

## ダッカ・ミルプール地区・国立動物園（二〇XX年一月）

ロイヤル・ベンガル・タイガー[12]の檻《おり》の前に並んで佇《たたず》むバキ・チャンドラとマット・ヤマゲ。

傍《かたわら》でナズルル・イスラムが語る。

**ナズルル**　バキさん、DLS[13]ご在職中はたいへんお世話になりました

**バキ**　いや、大したお力になれなくて……。CVO[14]といってもDLSは牛とか鶏が優先

---

9　バングラデシュ・クルナ管区《ディビジョン》南部にまたがり、インドに接して広がる世界最大のマングローブの群生地帯。
10　ダッカの一地区。国立動物園や国立植物園がある。
11　一九七六年国連の世界食糧計画の資金援助で作られた国立の養鶏場。
12　バングラデシュとインドの国獣。学名パンテラ・チグリス・チグリス。
13　バングラデシュ政府・漁業畜産省畜産局。
14　首席獣医官。

されるし、財源には限りがあるんでね

**ナズルル**　ええ、苦しいながらもなんとか生きながらえています。動物たちには気の毒ですが

**ナズルル、ラザに目を留めて。**

**ナズルル**　このロイヤル・タイガーを口さがない人は『大きな猫』と辛辣《しんらつ》なジョークを言うものがいます、痩《や》せたトラと言う代わりに

**バ　キ**　こんなに痩せさらばえていればね

**三人、いたわしそうにトラを眺める。**

**マット**　お隣りの中央《セントラル》養鶏場でまた鳥フルが出ましたね。こちらの方には異常はありませんか？

**ナズルル**　今のところ特に変わったところはありません

**マット**　タイのタイガー動物園でトラが二三頭H５N１《エイチファイブエヌワン》に感染して亡くなったことが[15]あるんですよ。生《なま》の鶏肉を食べさせたらしいのです

**ナズルル**　気をつけます

**マット**　今年は日本の暦では寅の年でね。しかし、このトラ、牙もなくなってるしずいぶん年もとってるね

**ナズルル**　十九歳なんです。ベンガル・タイガーとしてバングラデシュで最高齢と言われています。一応この動物園の目玉なんですよ

15　バンコクの東方八〇キロのチョンブリ県《プロビンス》にあるスリラチャ・タイガー動物園で少なくとも三〇頭のトラが発症した(『チャイナ・デイリー』紙二〇〇四年一〇月二〇日)。

**マット**　それはすごい。野生ではそこまでは生きられないだろうからね。一応、動物園にいれば長生きはできるんだ

**ナズルル**　じつはそうでもないんです。シマウマとかアフリカから導入した動物がたくさん亡くなっているんです。施設も老朽化していますし職員のミッドキャリアのトレーニングも必要です。そもそも動物園法[16]がこの国にはまだないのですからね

**マット**　早く動物園法をつくって施設を国際水準にしてほしいものだね

**ナズルル**　大改修の計画はあるんです。檻《おり》をできるだけ減らしてできるだけ自然の状態に近づけるっていう。こんな狭いところに鉄格子で閉じ込められるのでなく堀で囲まれたところで動物たちが自由に日光浴をしたり木陰で憩《いこ》うこともできるような

**マット**　素晴らしいな

**ナズルル**　もうその計画ができてから一〇年以上経ちましたが

マット　こんな檻の中でラザは年はとってもバングラデシュの国獣だけあるね、威厳がある

檻の中のラザが低い唸《うな》り声を発する。

マット　なんだって？

バキ　えっ？　何も言ってないですよ

マット　きびしくとも自由がいいのか安逸な日常がいいのかって言わなかった？

バキ　わたし、何も言ってないですよ

16　二〇二三年一〇月二五日、動物園法案は国会で初めて可決された。

マット、首を傾《かし》げながら、

マット　空耳かな

✢

✢

✢

(回想) 越境性動物感染症緊急センター・センター代表オフィス

マット　ミルプール[17]の中央《セントラル》養鶏場でまた鳥フルが起こったよ

バキ　一昨年、去年に続いて三度目ですね。バイオセキュリティ[18]を改善するよう勧告してるのに。少しも進歩していない

マット　理想的には郊外に移転したほうがいいかもね

**バキ**　あのミルプールの養鶏場はすぐ西隣が湖で毎年このシーズン中には渡り鳥がいっぱいやってくる野鳥天国ですからね。それに北隣は動物園です。毎日一万人、年間三〇〇万人の来園者が来ます。動物園はわたしが主席獣医官をしてた漁業畜産省畜産局の所管でしたから人ごとじゃないです

**マット**　三〇〇万人ってすごいね。日本で最大・最古の上野動物園なみだ。[19]それじゃ明日、動物園周辺に視察がてら行ってみよう

（回想終了）

17　ダッカの北西部に位置する地域。クリケット場のひとつであるシェレバングラ・ナショナル・スタジアム、バングラデシュ国立動物園がある。

18　病気の原因となる病原体が、家畜や他の動物、人間、あるいは食品の安全性や品質に危険を及ぼす可能性のある場所に出入りするのを防ぐこと。

19　上野動物園における二〇一〇年度から二〇一九年度まで、一〇年間の平均年間総入園者数は三九一万人。東京ズーネット（二〇二一年五月二〇日）。

✣

✣

✣

## ラザの檻の前

マット、バキがラザに目を注いでいる。

**マット**　ラザが何か伝えようとしているぞ

**バキ**　唸ってるだけですよ

**ラザ**　（マットにしかわからない声で）（おう、聴いてくれたか。嬉《うれ》しいぞ。毎日、粗末だが食事は供されるし、身の危険を感じるようなことは何もない毎日だ。それで不満があるのかと言われるけど……しかし、ここにやってきて十年以上になるが、見てくれこの狭い檻を。フィットネスもできん。生きながらえればいいってもんじゃないんだ）

マット　で、何か要望があるのかい？

ラザ　(あらいでか。年だと思われて軟らかい鶏や牛の肝のスライスばかりを食わされるから歯がすっかり弱ってしまった。牙も抜けてしまった。マングローブの生い茂るシュンドルボンの森で暮らしてた頃が懐かしいよ。木にも登れたし尻尾を水に浸けて蟹《カニ》を釣り上げて食ったりしたのを夢に見るんだ)

マット　シュンドルボンでは暮らしは大変だったでしょう。サイクロン[20]は毎年やってくるしさ……

ラザ　(それは確かにきびしいよ。最近は地球温暖化で海水面が上昇してますます水害がひどくなっているが、ワシらトラは泳ぎの達人なんだよ。潜って魚を捕まえること

20　熱帯低気圧で、大西洋と北東太平洋ではハリケーンと呼ばれ、インド洋と南太平洋ではサイクロン、北西太平洋では台風と呼ばれる。

だってカワウソ[21]にも負けないんだ。仲間にスナドリネコ[22]がいて、指と指の間に水かきがついていてワシらより潜りが上手だけどね。それに、カニクイザル[23]やアカゲザルのように細い枝から枝に飛び渡るほど身軽じゃないけれど高い木にも楽に登れるからね。サイクロンで被害を被《こうむ》ることは案外少ないんだ）

**マット**　ングング、グルル

**バキ**　喋れるんですか？　トラの言葉

**ラザ**　（困るのは時々運悪く蜂蜜採取にやってくる村人たちと出くわしてしまうことだ）

**マット**　食べちゃう？

**ラザ**　（食べたくて食べるんじゃない。さほど旨いものでもないからね。でも食べ物のマダラジカ[24]やイノシシが密猟者《ポーチャー》により捕獲されて数が減るから、生活に困ってしまう。もちろん、魚や蟹やエビやザリガニも食べることはできる。でも、家族、特に

育ち盛りの幼獣《こども》を養うとなればそれだけじゃ追いつかない）

**マット**　毎年、三〇人がトラの犠牲になってる。襲われるのは一〇〇人以上ともいわれている。正確な数はわからないのだけれど。密猟者《ポーチャー》が多いからね。公表されないケースが多いんだ

**ラ　ザ**　（蜂蜜採取には年間三〇〇〇人が許可されて森に入ってくるらしいけど、それ以上の人が違法に入っている。蜂の巣はワシらにとっても好物でね）

---

21　食肉目イタチ科カワウソ属の半水棲哺乳類。バングラデシュには三種のカワウソ（ビロード・カワウソ、コツメ・カワウソ、ユーラシア・カワウソ）が生息している。

22　ネコ科ベンガルヤマネコ属の一種。陸上でもネズミ類を捕食するが泳ぎが上手く、カエルやザリガニ、魚類、貝などを捕って食べることが多い。

23　霊長目オナガザル科マカク属に分類される霊長類。アカゲザルと近縁であるが、尾の長さが頭胴長より短ければアカゲザル、長ければカニクイザルと見分けられる。

24　インド亜大陸原産の鹿。ベンガル地方では「斑点がある」という意味で「チタール」とも呼ばれる。

マット　わたしたちは村人たちに養蜂を推奨してるんだ。ミツバチを飼えば森に入らなくて済む

ラ　ザ　(そりゃいいね。そうすれば人とトラが競合しなくてよくなる)

マット　エビや蟹の養殖も推奨している。かなり成功しているよ。地域の経済だけでなくバングラデシュの輸出による外貨収入にも貢献している

ラ　ザ　(やはり、一番迷惑を被るのは貨物船の沈没に伴う原油の流出だね。回復にも時間がかかる)

マット　シュンドルボンより川上に一五キロしか離れていないランパル郡《ウバジラ》[25]の火力発電所へ石炭を運ぶ貨物船の衝突事故だったね。世界遺産のマングローブの森で、イラワジイルカ[26]の生息地でもあるシュンドルボンで生活する二〇〇万人の生活をも脅かすことになる。魚や蟹やエビがダメになるとそれを食べていた鳥や動物たちも。するとと食物連鎖の頂点に君臨しているあんたたちも困る

**ラザ**　(その通り。生態系が劣化していく)

**マット**　この動物園、入場料が大人が五〇タカというのはバングラデシュ人なら誰でも気安く来られていいけども、安いことは良しとしても、四七セント、円で六三円というのは外国人ツーリストにしてみれば安すぎる。一〇倍にしても文句は出ないと思うよ。それで利益が上がれば動物園をもっと居心地の良い施設にできるしダッカの観光的価値も上がって訪問客も楽しめる

**ラザ**　(理想を言わせてもらえればだな、シュンドルボンの森に帰れないならせめてこの窮屈な檻から出してほしい。サファリ式に来園者の方がバスに乗って観覧をしてもらうんだ)

---

25　バングラデシュ南西部のバゲルハット県《ディストリクト》にある郡《ウバジラ》。サプマリ村に国内最大のマイトリー超火力発電所がある。

26　ベンガル湾と東南アジアの一部の海沿岸や河口域、河川に生息する広範な塩分濃度の水に耐えることができる海洋性イルカ。

マット　いいね、電動バスってのもあるし

ラザ　（それとも「プレクシグラス」というアクリル樹脂で作ったチューブトンネルを森に張り巡らせてその中から外のわれわれを見てもらう）

マット　すごいイマジネーションだね

ラザ　（いつも昼寝の毎日だからね）

マット　プレクシグラスって、水族館で水槽に使われてるやつだね。水圧にも耐えられる

ラザ　（それだけじゃない、プレクシグラスには可塑性《プラスティシティ》があっていろいろな形に造形できる。だからジェット機の風防《キャノピー》のような窓を持ったカプセルや多岐管《マニホールド》のようなトンネルにすることもできる。マニホールドのトンネルやカプセルを水槽や湖に沈めてカワウソやスナドリネコが潜って魚を追いかけるのを水中から眺《なが》めることもできる）

**マット**　すごいアイデアだね。副園長の上を行ってるね。どこで思いついたんだい？

**ラ　ザ**　（観覧者の中にはいろいろな専門家がいて傍聞《かたえぎ》きしてるうちに想像力が刺激されるんじゃ）

**マット**　外国語も多いのだろう？

**ラ　ザ**　（無駄に長年飯食ってきてるんじゃないんだよ）

## 3　ベンガルの雹嵐《ヘイル・ストーム》

登場人物

シャンカー・クマー（58）マンゴー栽培農園オーナー

あらすじ

バングラデシュで雪が降ることはほとんどない。しかし雹《ひょう》は毎年降る。バングラデシュのベンガル湾沿いの地域ではサイクロンによる水害を受けることが多いが北部では雹の被害が多い。換金作物として地域経済にとって大切なマンゴー生産に対する自然災害の損失を最小化することは貧困削減にもつながる。

**バングラデシュ・ダッカ市内**

人と車とリキシャが道路を埋め尽くしているダッカの街に突風が吹き嵐となる。

## 越境性動物感染症緊急センター・センター代表オフィス

オフィスでノートパソコンを打っているマット。
窓の外が急に暗くなる。
続いて瞬く稲光。
腹に響くような低音の雷鳴の轟《とどろき》。
おさまると天から礫《つぶて》のように降ってくるものがある。
立って窓から外を眺める。

マット（M）　雹か！

窓を開けるとパチパチという音が飛び込んでくる。
三階から見下ろすとゴルフボール大の塊がコンクリートにぶち当たって弾けている。
インターホンのボタンを押す。

マット　（インターホンに向かって）アミナ、どうしたんだ。雹が降ってるじゃないか

アミナ・チャタジー　（インターホンからの声）雹です。かなり大きいです

**廊下を隔てたスタッフルームからカラム・チョードリーとバキ・チャンドラが入ってくる。**

マット　すごい雹だぜ。雪さえ降らないところでこんな雹が降るんだ。ここは北回帰線[27]が横切っている国の首都じゃなかったのか。ほぼ熱帯というのに。しかも五月だぞ

カラム　降るんですよ。この時期に。五月や十月ころ毎年起こります。国内のどこかで

マット　車のルーフは凸凹になっちゃうぞ、これじゃ

バ　キ　この分じゃマンゴー[28]もやられちゃったかも。うちの婆さんの庭ではせっかく熟れはじめたところなのにな……。今年も楽しみにしてたんだ。ライチ[29]もジャックフ

ルーツ[30]もだ

**カラム**　でも八六年のゴパルガンジ[31]での雹嵐《ヘイル・ストーム》ほどじゃないな、あの時は九二人が亡くなるという大惨事だった

**バキ**　ああ、あれは重さ一キロの塊が時速一〇〇キロで落下してきたからな。池の水面はまるで絨毯《じゅうたん》爆撃を受けてるようだった。ニュースで見たのを覚えてます

---

27　バングラデシュは南北に北緯二〇度三四分～二六度三八分に拡がり、北回帰線は北緯二三度二六分二二秒を東西に走る。

28　学名マンギフェラ・インディカ。バングラデシュ全土でマンゴーは実り、世界のマンゴー生産国の中で七位。ラシャヒが有名。六～八月頃に市場に出回る。

29　学名ライチ・チネンシス・ソン。ライチに似た竜眼は同じ「ムクロジ科」だが別の属。ライチよりも小ぶり。

30　クワ科パンノキ属の常緑高木に実る。学名アルトカルプス・ヘテロフィルス。日本では波羅蜜《パラミツ》とも呼ばれる。

31　ダッカと同じ管区《ディビジョン》にある県《ディストリクト》。ダッカより南西に一六四キロ。観測史上最も重い雹は一九八六年四月一四日に降った。

マット　カラム、今日の被害がどんなだったか情報を集めてくれないか。人的被害、家畜の被害、果樹や農作物についても。わかる範囲でいいよ

✣
✣
✣

二時間後、マットのパソコンにメールでカラムからの報告が入る。添付ファイルを開けると箇条書きに被害を受けた村のリストが載っている。カラムが入室。

カラム　人の被害、家畜の被害は今のところ確認されていません。詳細が判明するにはまだ少し時間がかかるようです。いまわかっていることはダッカの北西六二キロのタンガイル県《ディストリクト》サキプール郡《ウパジラ》にあるいくつもの村のマンゴー農園で被害が出ていることです。とくにモハナンダプール村の被害が大きいようです

マット　よし、明日早くに出発して被害の大きかった農園に調査に行ってみよう。カラム、

バキ、一緒に来れるかい。急いでセキュリティ・クリアランス[32]頼まないといけないなっと

**四輪駆動車内（翌日）**

イスマイルが運転し、左助手席にマット、右後部座席にバキ、左後部座席にカラム。

**カラム**　現地のDAE[33]によるとマンゴーとともにバナナやジャックフルーツも相当被害を受けています。マンゴーは摘み取りが始まるのを直前にしていたので農家の落胆は大きいようです

32　フィールドへの出張に先立ち国際連合安全保安局（UNDSS）から発行される保安許可証。
33　農業普及部。

## モハナンダプール村のマンゴー農園

マンゴー農園のオーナー・シャンカー・クマーに付き添われて、マットとカラムがマンゴーの木と木のあいだを歩く。

マンゴー農園、地面に落ちている夥《おびただ》しいマンゴーを迷い込んだ山羊や牛がムシャムシャ食べている。

シャンカー・クマー　昨日まで収穫を楽しみにしてたのに……、突然カルバイサキー[34]が襲ってきたと思ったら雹嵐《ヘイル・ストーム》ですよ、ほんの一時間くらいのものでしたが、この有様《ありさま》です

マット　ひどいね、マンゴーが地面を覆《おお》ってる

カラム　タンガイル県《ディストリクト》のＤＡＥの副局長が政府の援助を受けられるよう被災者リストを作っていますよ

**バキ**　落下したマンゴーは腐る前に回収すればまだ利用価値はありますよ、家畜の餌とか

**カラム**　ほとんどの木は葉っぱを落としているけどまだ枝に残っている実もたくさんありますね

**マット**　砕いてジュースにしたりジャムに加工したり乾燥させればまだかなり換金のチャンスがあるんじゃないか？

**カラム**　おおありですね

**マット、足元に落ちているマンゴーをひとつ拾い上げてかじる。**

**マット**　うまっ！

34　バングラデシュやインドのビハール州、アッサム州、西ベンガル州などで夏に発生する局地的な豪雨、雷雨。猛烈な風と雨をもたらし、しばしば雹を伴う。

シャンカー　アムラパリ[35]です。ギネスブックで最も甘い品種と評価されているんです

マット　でしょうね。ちょっとしたインフラを必要とするけど、雹嵐《ヘイル・ストーム》がこう頻繁に起こるのなら加工施設を立ち直る力《レジリエンス》を備えるためにも作る価値はあるよ

カラム　それもありですね

マット　それにこんなに山羊や牛たちが喜んで食べるのなら、バキの言うように家畜用飼料としても使えるかもしれない。乾草と混ぜてサイロに貯蔵すれば利用価値は高いよ

バキ　普通ゴミとして扱われるマンゴーの種もマンゴー・シード・オイルやバターも作れるんです

カラム　いいアイデアですね。早急に関係者に相談してみましょう

マット　それができれば、損失の額を少しでも減らすことができる。廃棄処分にするより

ずっとマシだよ。畜産農家とマンゴー栽培農家と消費者にとって利益になる。生産者が加工、販売にまで関わることを日本では六次産業化と呼んで推奨してるんだ。ここでは農業（栽培）から加工・販売までを一貫して農家が行えば最終製品の販売利益を一次産業に還元できるって

35　フィリピンでカラバオと呼ばれるマンゴーの品種。

# 4　牛食べにきませんか？

登場人物

アブドゥル・ラティィフ・ビスワス（55）漁業畜産相

あらすじ

バングラデシュはＦＡＯＳＴＡＴ[36]でひとり当たり年間肉摂取量（二〇〇九年）がアメリカ合衆国の一二〇・二キロ、日本の四五・九キロに対して四・〇キロで世界で一五九位と報じられているため「世界で最もベジタリアンの多い国」と思われがちだがそんなことはない。犠牲祭《イード・アル＝アドハー》のあいだの三日間だけで日本の牛の年間屠畜《とちく》頭数の四倍の牛を食する。

**ウッタラ地区**[37]

道路脇の空き地に作られた仮設市場。

木の柵にレンガ色や黒、白、白と茶色のマダラなどさまざまな牛が数百頭繋《つな》がれている。

牛を買いにきた買い物客、牛を売る農民たちで賑わっている。

## 越境性動物感染症緊急センター・センター代表オフィス

バキ・チャンドラ、入室する。

**バキ・チャンドラ**　マット、あさって犠牲祭《イード・アル＝アドハー》[38]の日、うちに牛食べにきませんか？

**マット**　えーっ、牛丸ごと買ったんだ。高かったんじゃない？

---

36　国際連合食糧農業機関（ＦＡＯ）が運営する世界最大かつ包括的な食料・農林水産業関連のオンライン統計データベース。

37　ダッカ市北部の地区。ハズラット・シャージャラル国際空港に隣接している。

38　イスラム教で定められた宗教的な祝日。

バキ　まあね、でも特別の日ですもんね

マット　以前はインドから年老いた雌牛などが安く輸入されてきていたのが激減しているっていうし

バキ　インドが牛の保護政策を強化していますからね

マット　牛は神聖な動物だっていうヒンドゥーの宗教的な背景があるのだろうね

バキ　国民の約八割がヒンドゥー教徒だから子牛を産めなくなったり乳を出せなくなった牛でも用済みにならない。けっきょく牛の飼養頭数は世界一のブラジルと並ぶ二億二〇〇〇万頭になってしまった。それに水牛も一億頭以上いるし。農家で耕作に牛を使うこともトラクターの普及でなくなったし、糞尿を肥料にすることも化学肥料にとって代わられてます。だからいくら牛への愛情が深くても餌代もかかるし経済的な負担が大きくなる。以前はそれをバングラデシュに輸出していたわけです。ピーク時には二〇〇〇万頭入ってきました。インドにもムスリムの人口が二億人いま

すから多くのムスリムの人々が牛の輸出に関わっているんです。この牛の取引は年間六億ドルに上っていました

マット　それが非合法化されつつある？

バキ　そうです。それで起こったことはインドで牛の野良が増えたことです。この野良牛の増加はインドの社会問題にもなっています。オスの牛も街中《まちなか》を自由に徘徊《はいかい》して問題を起こすものが出てきています。線路や高速道路に迷い込んで事故の原因になったり、ゴミを漁《あさ》ったりしますからね

マット　悲しい話だね

バキ　そんな野良牛がインドには五〇〇万頭います。だからそんな牛を保護・収容する施設が作られています

マット　それでバングラデシュに輸入される牛が減ってるのか……

バキ　バングラデシュでの牛の価格も牛肉の小売価格も上昇しました

マット　そうだろう

バキ　ええ、でも八月にシラジガンジ県《ディストリクト》[39]で炭疽[40]が発生して県内の八ヶ所に飛び火したでしょう。ふだん滅多に食べられない牛肉なのでちょっと病気っぽい牛だけど安いなら食べたいという人がたくさんいたんですね。しかし、炭疽だったとわかると一一月一七日に年に一度の犠牲祭《イード・アル＝アドハー》を控えているというのに消費が冷え切っちゃいましたよね

マット　ああ、あのときはけっきょくヒトで六〇七例、牛などで一〇四例で前例のない大事件だったからアブドゥル・ラティフ・ビスワス漁業畜産大臣も慌ててたね。去年に引き続いての発生だったことからメディアが大騒ぎして記者たちの方が患者を見つけて報道しちゃったり……

バキ　そうです

**マット**　炭疽はここでは家畜のあいだで毎年発生しているけどヒトで皮膚炭疽[42]が発生したの[43]は一九八六年以来だもんね。ＦＡＯ本部[44]に仔細をレポートにして報告したら炭疽の専門家の緊急派遣を必要とするかと打診があった。政府からの正式な要請もあったからもちろんお願いしたんだよ。数百万頭の牛や山羊が犠牲[45]となる、バ

39　ダッカの北西部にある。ジャムナ川が流れている。

40　炭素菌《バシラス・アンスラシス》によって人や反芻動物に起こる人畜共通の風土病。

41　参照「バングラデシュにおける炭疽、口蹄疫、出血性敗血症、小動蹄疫、狂犬病の疫学に関するレトロスペクティブ研究(二〇一〇〜二〇一二年)」『プロス・ワン』誌(二〇一四)八月号。

42　炭疽菌が体内に侵入する仕方により発症する病気のタイプが異なる。皮膚、肺、消化器系から体内に侵入するのでヒトの病型には皮膚炭疽、肺炭疽、腸炭疽がある。

43　参照「バングラデシュで発生した炭疽病は汚染された家畜飼料が原因である可能性が高い」『エピデミオロジー・アンド・インフェクション』誌(二〇一二)七月号。一四一(五)一〇二一〜一〇二八。

44　イタリア・ローマのサンサバリオーネにある国際連合食糧農業機関本部。

45　二〇二三年の、犠牲祭《イード・アル＝アドハー》の期間中、バングラデシュ全土で合計一〇〇四万四一八二頭の動物が犠牲になった。その内訳は、牛四五八万一〇六〇頭、水牛一〇万七八七五頭、山羊四八四万九三二八頭、ヒツジ五〇万二三〇七頭、その他一二四二頭。

ングラデシュで二番目に大きな祭が一一月一七日に迫っていて緊急を要するからミッションはできるだけ早くにしてほしいと伝えたんだ。ミッションは一〇月二六日から一一月三日のあいだデータを収集し現地視察、ＷＨＯや国の関係機関などと協議を行ったし、一一月二日には一緒に漁業畜産大臣を表敬訪問した。牛肉の消費が落ち込んでいることからダッカの屠場の視察もやったな。朝の四時に。イスラム式の屠殺の流儀を初めて見たよ。キブラ[46]っていう礼拝《サラート》[47]の方角に頭を向けて頸動脈をどのように切るかとかに細かいルールがあるっていう。それに立ち会って確認する役割の人もいる。そうやってハラル[48]って呼ばれるようになるって

**バキ**　九月五日に緊急非常事態《レッド・アラート》宣言が発出されて風向きが変わりましたね。感染地域の一八の郡《ウバジラ》の牛全頭に対するワクチン接種が進められていてすでに一九〇万頭が接種済みです。一一月に入ってからですね、競《せり》に勢い《モメンタム》がついてきたのは

**マット**　ヒトと牛での炭疽発生直後に畜産局と国立疫学研究所、[49]ＩＣＤＤＲ，Ｂ[50]と一緒にシラジガンジを現地視察した時患者さんに見せてもらった壊死性痂皮《ネクロティック・エシャー》[51]は忘れられないな。黒いかさぶただ。病気の牛の解体や調理に携わった人たちが手の甲に

持ってた。日本や欧米ではほとんど見ることができないものだ

**バキ**　また去年のように風評被害によって牛の市場価格が暴落するっていうことを農家や生産者は一番恐れていましたよ。五万タカはする健康な牛が下手すると一〇分の一にまでなりかねませんからね[52]

46　アラビア語でキブラ「方角」とはメッカにある聖なるモスクのカアバに向かう方角のこと。
47　イスラム教徒が守らねばならない五つの原理である信仰告白・礼拝・喜捨・断食・巡礼のひとつ。儀式的な祈りのこと。
48　イスラム教の教えに基づく法令のひとつ。アラビア語で「許された」ものを意味する。
49　正しくは疫学疾病管理研究所（ＩＥＤＣＲ）。
50　正しくは国際下痢症研究センター。ダッカにある国際健康研究機関。今日世界が直面している最も重大な健康上の懸念のいくつかについて研究と治療を行っている。
51　皮膚炭疽の特徴的な、潰瘍あとにできる黒いかさぶた。
52　参照「バングラデシュにおける炭疽菌の発生二〇〇九～二〇一〇年」4月号。『アメリカン・ジャーナル・オブ・トロピカル・メディシン・アンド・ハイジーン』誌八六（四）：七〇三～七一〇。

マット　ご存じのように過熱しすぎたメディア報道のため僕と代表が先週の月曜日の一一月八日にTVトークショーに招《よ》ばれた。僕は安全であるから安心するようにとむやみに言ってみたところで逆効果だと思ったから、病気の動物を専門家のいないところで内々に屠殺解体するのは危険であるのでやめること、病気の動物が出たらすぐ獣医当局へ連絡すること、死んだ動物などを敷地に埋めたり湖や川へ投棄しないことを訴えた。動物を病気から守ることで人への感染を防げるんだとも。ちょっとは役に立ったかな

バキ　レッド・アラートが一〇月七日に解除されて以降、消費は順調に回復しています

マット　そうだね。例年並みとすれば数百万頭の牛[53]がたった三日間のあいだに生贄《いけにえ》にされる。日本の牛の飼養頭数に匹敵する数だ

ニティッシュ・ドブナッハ、カラム・チョードリー、入室。

**マット**　最近、イギリスの『テレグラフ』紙にバングラデシュにはベジタリアンが多いという記事が出てネットでバズられてたな

**バキ**　そんなことが書かれてたんですか！

**マット**　ああ、うちの『FAOSTAT（二〇〇九年）』[54]にバングラデシュ人は一年に一人当たり四キログラムしか肉を消費しなくて世界で一五九位だと書いてあるのを見て「世界で最もベジタリアンの多い国」と思われたらしい。アメリカ人が一二〇キロ

53　二〇〇九年のイード・アル＝アドハーの期間にバングラデシュ全土で四五〇万頭の牛が犠牲になった（FEPPCAR、二〇一〇年一一月三〇日）。

54　国際連合食糧農業機関（FAO）が運営する世界最大かつ包括的な食料・農林水産業関連のオンライン統計・データベース。

であるのと対照的に

**カラム、ニティッシュ、バキ**　ひどい誤解だ

**マット**　そうだよね、この犠牲祭《イード・アル＝アドハー》の間だけでも牛四〇〇万頭に加えて水牛（八万二〇〇〇頭）、山羊（一〇〇〇万頭）、羊（三〇万頭）とで一四八八万二〇〇〇頭の生贄《いけにえ》だよ。それぞれ体重の三三パーセント（牛）、四七パーセント（水牛）、五五パーセント（山羊）、五五パーセント（羊）が可食部分としたらバングラデシュ人一人当たりの年間の肉消費量は三キロを超える。それにチキンも食べるし、バングラデシュでは魚をたくさん食べるからね、一年間にすれば四キロってことはない。きっとこの犠牲祭《イード・アル＝アドハー》の間の肉消費を計算に入れてないのじゃないか？

**カラム**　ソーシャルメディアのコメント欄では「ベジタリアン」というレッテルは不正確だとの指摘が相次いでましたね。それにバングラデシュ人は魚と米が伝統的な主食であり、犠牲祭《イード・アル＝アドハー》の時以外一般的に高価であるため肉は普段は食べないだけなのですから。しかし好きなことは好きなんですよ

**バキ**　バングラデシュでは魚はヒルサのほかは安いですからね

**カラム**　ナマズ[55]はキロで一五六タカですよ。ロフー[56]も安いし美味しい。輪切りにして小麦粉でまぶしてから揚げてカレーで煮るととても合う

✣　✣　✣

**バキ**　皮革業界にとっては一年間に供給される生皮《きがわ》の四割以上は犠牲祭《イード・アル＝アドハー》の三日間のあいだに集められるんです

**マット**　バングラデシュで牛は生産者の生計を支えているだけじゃなく皮革業者にとってもそれなりに大切な動物なんだな。あさって楽しみにしてるよ、肉料理

55　学名シルルス・アソトゥス。
56　コイ科ラベオ属。学名ラベオ・ロヒータ。

バキ　ビーフカレー、マトンカレー、レザーラ、[57]ケバブ、ステーキ、チャープ、[58]ニハリ、[59]ビリヤニなど。ポラウ[60]が出ます

マット　ビリヤニは肉の炊き込みご飯、ケバブは薄切りにして串に巻き付けた肉を回転させて炙《あぶ》ったものだね

57　ベンガル地方の白いカレー。チキンの腿が入っている。

58　大豆肉。

59　牛のすね肉または羊のすね肉や山羊肉を煮込んで軟らかくしたもの。

60　ピラフのような料理。米をスパイスや時には肉や野菜と一緒に炊いた料理。ギー（クラリファイドバター）、カルダモン、クローブ、シナモンなどの香り高いスパイスを使って調理される。

# 5　石炭火力発電計画とＳＤＧｓ[61]

## 登場人物

アン・ゴールド（30）獣医師・ＩＣＤＤＲ，Ｂ所属
ムハメド・カーン（29）獣医師・ＩＣＤＤＲ，Ｂ所属
ジャハンギール・セングプタ（49）ユナイテッド病院医師
サラ（40）家政婦
シェイク・ハシナ（65）バングラデシュ首相

## あらすじ

人畜共通感染症である高病原性鳥インフルエンザを扱う者は咳には神経質になっている。マットにも咳がはじまった。病院でアレルギーと診断される。また、ダッカの大気汚染のためにアレルギー症状を悪化させている患者が増えているとも聞く。バングラデシュは建設ブームで需要の高いレンガの製造のために石炭を大量に燃焼させるレンガ窯が乱立し、煤煙

からのPM2・5のレベルは世界のトップレベルだとわかる。こんな時、日本の援助で石炭火力発電所が建設されたことが、地球温暖化の要因である化石燃料の燃焼に対する世論の反発を背景に批判にさらされている。一方、ダッカでほとんど限界に達している交通渋滞を緩和する都市高速鉄道の開設は歓迎されている。

### バングラデシュ・ダッカ市内

人と車とリキシャが道路を埋め尽くしているダッカの街をスモッグが覆う。
昼なのに薄暗い。

### ICDDR,B・会議室〜廊下

マットの声　それでは本日の会議を終了します。ご参加ありがとうございました

61　二〇一五年、国連が人々と地球の平和と繁栄を目指して策定した、二〇三〇年までに達成すべき一七の持続可能な開発目標。

参加者ら　お疲れ様でした

書類鞄とパソコンを抱え、退出する同僚たち。
マット、会議室の電気を消し、部屋から出てくる。
廊下の奥にアン・ゴールドの姿。
マットに気づくと口角を上げて微笑むが、伏し目がちに通り過ぎようとする。

マット　アン、元気にしてる？

アン、二メートルくらい距離を保ちつつ、

アン　元気よ。マットも元気？

顔を横に背《そむ》けたまま、掌を口に当てて苦しげにしわぶく。

マット　風邪ひいた？

アン　うん、ちょっとね、ゴボッゴボッ

横を向いて口を塞ぎながらふたたび激しく咳き込む。

マット　マスクをつけたほうがいいね。家に帰ったらベタジンでうがいをしたらいいよ

✣　✣　✣

**越境性動物感染症緊急センター・センター代表オフィス（二週間後）**

マット、モバイルフォンでアンに電話する。

マット　まだ生きてる？

以下、カットバックで。

アン　（低く喘ぐような声で）息はしてる、咳が止まらないけど。寝てるわ

マット　すごい声じゃないか。医者にかかってるのかい？

アン　いいの、大丈夫だから

マット　高病原性鳥インフルエンザを扱ってるのだからね、侮っちゃダメだよ

カットバック終了。

✣　✣　✣

マット、同じ研究センターのムハメド・カーンに電話をする。

マット　彼女《あいつ》、ちょっとヤバいのじゃないかい？　無理にでも医師に行くように言ってあげなよ

**ユナイテッド病院[62]・グルシャン（さらに二週間後）**

外来診療室。
マット、ジャハンギール・セングプタ医師と向かい合って椅子に座っている。
マット、咳をこらえて口を噤《つぐ》んで唾を飲み込む。

マット　ングング、検査の結果は?……ゲホッどうでした?

セングプタ医師、検温・喉の検査・痰の簡易検査キットでの検査・レントゲン撮影の結果を見ながら。

62　ダッカのグルシャンにある私立病院。

**セングプタ医師**　熱もないし肺には怪しい陰影像は見られません。A型インフルエンザも陰性でした。アレルギー性の喘息でしょう。去痰のためのシロップ・抗生物質・副腎皮質ホルモン剤を処方しておきます。しばらく様子をみてください。この頃、喘息を患っている方が増えているんですよ。大気汚染のせいもあるんでしょうが。ディーゼルの排気ガスがひどいですからね。大気中に微細な粒子PM2・5、塵埃、煤、煙が排出されるんで喘息が助長されるようです。お家のダニとか、埃とかに感作《かんさ》されていると増悪されることが多いんです

✣　✣　✣

### マットのアパート・リビングルーム（翌日夕方）

マット、相変わらず咳をしている。
大理石の床を裸足で歩く。
足の裏を見ると真っ黒。

マット、家政婦サラに、

マット　サラさん、床拭いてくれてる？

サラ　拭いてますけど、何か……？

マット　時々は部屋の空気を入れ換えないといけないけどね。でも窓を開けっ放しにすると蚊やゴキブリも入ってくるし、埃も舞い込んでくる

マット、素足の足で床をちょっと撫でてサラに見せながら。

マット　ほらこんなに埃が入ってくるんだよ（と言って足の裏を指差しながら）

サラ　これは《オーマイガー》……

✣　✣　✣

マット、エアコンのカバーを外して内部を見る。フィルターが真っ黒な油のような埃でべっとり覆われている。

マット　これはひどいな

## 越境性動物感染症緊急センター・センター代表オフィス

マット、カラム・チョードリーと話している。

カラム　ダッカの大気が北京に次いで世界で二番目に劣悪なようです。PM2・5が年間平均で一〇〇を超えています。空気一立方メートル中に炭素などさまざまな物質の混合物が一〇〇マイクログラム混じっているってことです。WHOの基準の一〇倍です

マット　排出源は何なんだ？

カラム　煉瓦を焼く煉瓦窯《ブリック・キルン》が四〇パーセントらしいです

マット　あの巨大な煙突か、よく見かけるものね。石炭を乾季のあいだ中、燃やしてるんだもんね。次が車の排気ガスが二〇パーセントか。そうだろうな、これだけ車が道路に氾濫してりゃね。僕は事務所に来るのになるべく歩くか自転車を使うようにしている。車よりも早いからね

カラム　こんな時にコックスバザール[63]のマタバリ[64]に建設予定されている石炭火力発電所建設計画は時宜《アンタイムリー》をえないですよね

マット　ああ、あれね。日本の国際協力事業団が四一四億円の円借款で住友商事、東芝、I

63　バングラデシュ南東部の県《ディストリクト》。漁港、観光の中心地。県庁所在地の町の名も同名のコックスバザール。

64　コックスバザール県《ディストリクト》マヘシュカリ郡《ウバジラ》の島の名。

ＨＩに受注させた計画。第一フェーズは完成しちゃってるみたいだけどね

**カラム**　地域の不満が燻《くすぶ》っています。発電所と港湾建設予定地の強引な土地取得の結果、地元の漁師やエビ養殖業者や海水で野菜を育てる海水農業をしている人たちが立ち退きをさせられてその補償がなされていないようです。行き場を失った上、生計の手段まで奪われています

**マット**　いくら超々臨界圧石炭火力発電といったって石炭など化石燃料を使うプロジェクトは日本も欧米もほとんど実施不可能な時代遅れになってる。バングラデシュだったらいいだろうという発想そのものが問題だよ

**カラム**　同じ日本の支援でもダッカの中心地を南北に結ぶ全線高架の都市高速鉄道《メトロ》計画には期待が大きいですね。バングラデシュ初の都市高速鉄道ですから

**マット**　ああ、全長約二一キロ、一七駅ってやつね。ハシナ首相[65]も大喜びというじゃないか

**カラム**　アガルガオンとウッタラを結ぶ路線です[66]

**マット**　スイカとかパスモの非接触型ICカード技術が普及して便利になるよ、きっと

**カラム**　楽しみですね。都心の交通渋滞と大気汚染の緩和に役立ちますね

**マット**　石炭火力発電建設計画で失墜した日本の面目をこれでちょっとは挽回《ばんかい》できるかも。SDGsの二〇五〇年のカーボンニュートラル[67]を達成する公約に少し近づけたわけだから

---

65　第一〇代バングラデシュ首相シェイク・ハシナ。バングラデシュ建国の父であり初代大統領であるシェイク・ムジブル・ラーマンの娘。

66　ダッカのシャー・エ・バングラ・ナガルにある。さまざまな政府機関、長官、部局の本部が次々と建設されている。

67　二酸化炭素をはじめとする温室効果ガスの「排出量」から植林・森林管理などによる「吸収量」を差し引いて排出量を「実質ゼロ」にすること。

# 6　墓場か揺り籠か　シタクンド船舶解体《シップブレイキング》ヤード

登場人物

あらすじ

国の発展を支えるはずの鉄鋼へのニーズが急速に高まっている。バングラデシュの鉄鋼の需要の八割以上を満たしているのがシタクンドにおける船舶解体から得られる鉄だ。環境汚染、児童労働と問題は多い。

**船舶解体《シップブレイキング》ヤード**[68]

チッタゴン・シタクンド地区[69]。

ベンガル湾[70]に午後の日射しが照りつけている。

遠浅の海岸に巨大な貨物タンカーや豪華客船が幾隻も陸側に船首を向けて乗り上げ

ている。

船底から甲板まで九階建てビルほどもある船体が小人国《リリパット》のガリバーに群がる小人のような労働者により鋼鉄の外皮が剝がされ船倉をさらして骸骨のように解体されつつある。

労働者は思い思いの普段着姿、ルンギを穿いている者、裸足で作業している者もいる。

また口をタオルで覆ったり、野球帽を被ったり頰被りをしている者もいる。

命綱なしにはしごでタガネとハンマーで船腹を叩いて作業をしている解体工。

下方では別の労働者が防護用ヘルメットや安全ゴーグルや顔面シールドもつけずにトーチカッターで鉄板を切断している。

68　インドのアランに次ぐ世界第二位の規模の船舶解体場。現在三五の解体場が操業している。
69　チッタゴン県《ディストリクト》（チャトグラム県に改名された）にある船舶解体が行われている郡名《ウパジラ》。ここにあるフォージダーハットの海岸に一一キロにわたって船舶解体場がある。
70　インド洋の北東部に位置する。地理的にはインド亜大陸とインドシナ半島の間に位置し、ベンガル地方（イギリス統治時代にこの湾が名付けられた）の下にある。湾と呼ばれる水域としては世界最大。

その子供らしい児童が大人に交じってアセチレンボンベを両手で抱いている。

切り出された泥まみれの分厚い鋼板。

ケーブルがつけられ陸側に据え付けられたトラックのエンジンを改造した巻き揚げ機《ウィンチ》がブンブン音を立てて緩い傾斜の海岸の上を引きずり揚げてゆく。

マット、カラム、ニティッシュ、シタクンドの海岸で老朽タンカーの解体される風景に立ちすくんでいる。

### （回想）越境性動物感染症緊急センター・センター代表オフィス（前々日）

ニティッシュ・ドブナッハ、バキ・チャンドラ、カラム・チョードリーがマット・ヤマゲとソファでテーブルをはさんで新聞記事をめぐって話し合っている。

**マット**　あさって会議で行くことになっているチッタゴンのことが国際紙の記事になってる

**カラム**　シタクンドですか？

**マット**　バングラデシュはシタクンドのために船舶の墓場って言われているって、今もこうなのかね。ＩＬＯは船舶解体を世界で最も危険な作業のひとつとみなしているそうだからね

**カラム**　香港条約[71]が発効どころか批准もされていないところを見るとそうなんでしょうね

**マット**　興味深いのは中国、韓国と日本の三ヶ国が世界の船の九〇パーセントを作っているというのに廃用になった船舶の九〇パーセントはバングラデシュ、インド、パキスタン、中国の四カ国で解体されているってことだ。豪華客船も大型タンカーも役目を終えるとほとんどが南アジアに壊されるためにやってくる。三〇パーセントがバングラデシュ向けだ。去年は二〇〇隻以上が解体されリサイクルされた

**ニティッシュ**　このように船舶解体ヤード《シップブレイキング》が南アジアへ集中している誘引要因《プル・ファクター》としては緩い

71　二〇二三年六月二六日、バングラデシュとリベリアは、ＩＭＯの「安全かつ環境上適正な船舶のリサイクルのための香港条約」を批准した。

法規制と廉価な労働力、発動要因《プッシュファクター》としては膨大な利益の発生が見込まれることですよ。鉄鉱石の天然資源がないバングラデシュの鉄材需要の八割に相当する鉄が廃船から供給されている[72]という状況もプル・ファクターですね

**カラム**　一方、解体労働者にしてみればきつい、汚い、危険な仕事を承知でもせざるを得ない極度の貧困という状況がある

**マット**　日本でも3Kジョブ、英語で言うときつい《ディマンディング》・汚い《ダーティ》・危険《デインジャラス》だから3Dジョブか、切羽詰《せっぱつ》まらないと就きたくない仕事がある。しないで済ませられるのはまだ余裕が残っているからなのだろうね、日本では

**バキ**　生きるためにはしたくないことでもしているのに劣悪な労働環境なので事故率が非常に高い……

**マット**　そう、すべては報告されているわけではないらしいが事故はよく起こっているようだ。この記事のように死亡事故もある……それもたくさん

**ニティッシュ**　環境への関心の高まりを受けて国際海事機関（ＩＭＯ）[73]が目指している、船舶解体業界で人間の健康・安全・環境を損なわないことを求める香港条約はまだ批准をされていませんがそれを先取りしてシップリサイクルに関して欧州規則は適用をはじめるらしいんですが

**バキ**　今のところバングラデシュで操業している三五社ほどある解体業者のなかで香港条約や欧州規制の要件を満たしていると認証されているのはＰＨＰ[74]だけです。他はまだ基準を満たしていません

**マット**　欧州連合は欧州規則を遵守《じゅんしゅ》しないヤードでの解体を船主に禁じている

72　カメリア・デワン「バングラデシュの船舶解体：有害な開発と共存する労働」（『人類学ニュース』誌、二〇二四年一月三一日）
73　国際連合の専門機関のひとつ。国際海運の安全と保安、環境パフォーマンスのための基準を設定する機関。
74　バングラデシュの船舶解体リサイクル会社。

カラム　しかしそれには抜け道があります

マット　そうなんだよね。船籍を規制の緩い国に替えるという便宜置籍船《シップ・オブ・コンビニエンス》[75]にするんだ。すると有害廃棄物が国境を越えて移動して処分されることを禁じているバーゼル条約[76]もスルーすることができてしまう。世界の船舶の三〇パーセント以上は欧州企業によって所有されているがスクラップとして解体ヤードに売却されるときには五パーセント未満になっている

ニティシュ　アスベスト[77]が悪性中皮腫[78]を起こす原因として、船舶で二〇一一年に使用が禁止されることになる以前に建造された船も無防備な「解体工」によりシタクンドの海岸で解体されています。有毒な重金属や重油も流出するにまかされているのが実情です

マット　シタクンドにおける船舶解体《シップブレイキング》ヤードで行われている「ビーチング」方式という解体の方法は大潮の時に沖から使用済み船舶を全速力で岸に向かって走らせ浅瀬に乗り上げて座礁させるんだ。そして砂浜の上で干潮時に解体をする。だからバングラデ

シュでは船舶解体《シップブレイキング》から重油やアスベストが海水に流れ放題で環境汚染を起こしている。これ、沿岸漁業従事者にとってもゆゆしい問題だよ。あさってチッタゴンでコウモリについての会議があるからそのあと立ち寄ってみよう。ちょっと覗《のぞ》けるよね

（回想終了）

75　事実上の船主の所在国とは異なる国家に船籍を置く船。

76　経済協力開発機構（OECD）及び国連環境計画（UNEP）の会合によりスイスのバーゼルにおいて一九九二年に制定された「有害廃棄物の国境を越える移動及びその処分の規制に関するバーゼル条約」。

77　規制以前には耐火被覆用、吸音、断熱用、結露防止用に広く用いられた。

78　肺を包む膜（胸膜）や、おなかの内側（腹腔）を覆う腹膜などに並んでいる中皮細胞から発生する悪性腫瘍。

## シタクンド（二日後）

船舶解体《シップブレイキング》ヤード訪問のあと。

高速道路沿いには解体された船舶から回収されたさまざまな物品が売られる店が点在している。

船舶解体ヤードの近くにある海洋専門のアンチック店。

マット、バキとチッタゴンの大学で出席した会議の後、道路脇に見つけた海洋アンチック店に入る。

マット　海賊の分捕り品の宝庫って感じだね。すごいコレクションだよ。真鍮《しんちゅう》製の六分儀《セクスタント》[79]や木製の磨耗した操舵輪《ステアリングホイール》や真鍮製テーブルランプ……磨かれてピカピカしている

## ダッカへ戻る車中

バキ　このチッタゴンとダッカを結ぶ高速道路沿いにまだまだいろいろなものを扱っている店がありますよ

マット　あるね、家具とかトイレの便器とか、シャンデリアとかの専門店が。廃用船舶には豪華クルーザーもあるから食器やテーブルもいいものがあるんだろうな

バキ　船舶の寿命は三〇年らしいです。まだまだじゅうぶんに使えて役に立てるものもあるのに維持費が嵩《かさ》むようになるので廃用にされるんです

マット　この国に最も役に立っているのは船舶の重量の九割以上を占めている鉄だよ。年間約五三〇万トン[80]の鉄が山から鉄鉱石を発掘しなくても入ってくるのだからね。人の命と健康と環境と引きかえに。この船舶解体業を続けてゆくためには香港条約の求める労働安全衛生問題と環境面への影響の改善が必要だろうね。でないと廃船はバングラデシュに送られてこなくなる。そしてバーゼル条約と船舶の安全かつ環境上適正な再資源化のための香港条約の締結で先行しているインドに先を越されてしまう

79　水平線と太陽、月、恒星などの天体とのなす角度を測定するための器具。
80　『ザ・ビジネス・スタンダード』紙(二〇二三年八月九日)

ニティッシュ　それは政府も望まないことでしょう

マット　そしてその鉄を煉瓦に頼った鉄筋コンクリート造りの建物でなく鉄骨造り《スティール・フレイム》の持続可能な街づくりに使われることを望みたいね。コミュニティを墓地でなく住み良い環境にするために。さっき見たアンチックのように、いったんは役割を終えたものがより優れたものに生まれかわることをリサイクルでなくアップサイクルって言うんだよ

# 7　泥棒は命がけ

**登場人物**

魚泥棒（20）
魚屋（55）

**あらすじ**

バングラデシュには魚料理が多い。海もあり大きな川や湖、沼地があちこちにあるので漁獲量が多く値段も大衆的だ。しかしヒルサは別だ。パドマ川やメグナ川の主要河川とその支流やベンガル湾で捕れるが人気が高く乱獲が続き漁獲高も減った。輸出もされて世界のヒルサの八割以上はバングラデシュのものだ。政府は禁猟区を設けて特にその稚魚であるジャトカの捕獲を制限して保護政策が続いている。小売価格がビーフやチキンより高いから庶民には届きにくい。そんな中、フィッシュ・マーケットでヒルサ泥棒の現場を目撃したマット。

### バングラデシュ・ダッカ市内

人と車とリキシャ[81]が道路を埋め尽くしている。
買い物客でごった返すグルシャン・フィッシュ・マーケット風景。

### グルシャン・フィッシュ・マーケット構内

大小さまざまなステンレスの皿の上や氷の詰まった桶の中にあらゆる種類の魚・エビ・カニなどが売られている。

地面に置いた厚板に垂直に固定された包丁《ボティ》[82]で男が魚を両手で水平に支えて輪切りにしている。

### 同・市場内

マットの正面方向から、混み合った買い物客の間を縫って青年が大きな魚を抱えて必死に走ってくる。

それの後に年配の魚屋が大声で叫びながらすごい形相で追いかけてくる。

## 越境性動物感染症緊急センター・センター代表オフィス（翌日）

マット・ヤマゲ、バキ・チャンドラ、カラム・チョードリーが話している。

**マット**　昨日喧嘩《けんか》してる現場に居合わせてしまったよ。グルシャンのフィッシュ・マーケットでね。喧嘩《けんか》って言うよりもリンチだな。一方的に相手を攻撃してるんだから。魚屋の年配のオーナーっぽいおじさんが若い男を思う存分痛めつけていた。若者は自分が悪いという自覚があったんだろうな、ただうなだれて背中を丸めているだけだった。体格も大きいのにね。ジャンプしてその背中に肘《ひじ》で力任《ちからまか》せに打つ、プロレスでエルボウ・ドロップっていうやつだ。危険な技で普通は反則技で、使えば反則

81　自転車に二人乗りの座席と折りたたみのできる幌を備えた車体。
82　ベンガル地方を含むインド亜大陸全域の地域で使われている切断器具。長く湾曲した刃物で、足で押さえた台の上で切る。

負けになる

バキ　よっぽど、悪いことしたんでしょうね。万引きですか？　盗みですか？

マット　周囲にいる買い物客に聞いたら、ヒルサ[83]をかっぱらって走って逃げようとしたらしい

バキ　ヒルサ？　そりゃ、怒るわ。高い魚だから

マット　そうなのかい、バングラデシュは魚が豊富で摂取する動物由来のタンパク質の六〇パーセントは魚由来なほどなのだろう？　ビーフやチキンなどよりも安いのじゃなかったの？

バキ　一般的にはその通りです。しかしヒルサは例外で人気があるので需要が供給を上回っています。だから値が高止まり[84]していてビーフよりも高価な高級食材になってしまっているんです

マット　頭から尾の先まで六〇センチはあったな、するといくらくらいするのかな

バキ　それなら三〇〇〇～四〇〇〇タカはするでしょうね。汽水《ブラキッシュ・ウォーター》[85]が好きで海から産卵のために川を上ってくるんです。乱獲により資源が枯渇するといけないので五つの繁殖区域で成魚やその稚魚であるジャトカの禁漁期間を設けています。また池や湖で養殖もされています

カラム　ヒルサはバングラデシュの代表的な魚、国魚でもあるんです

マット　旨いの？

---

83　イリッシュ科イリッシュ属の魚で、ニシンに近縁の種。学名テヌアロサ・イリシャ。

84　一～二キログラムの大型のヒルサは一キログラムあたり一五〇〇～一七〇〇タカ。(ただし一タカ＝一・三八円換算)。『ビジネス・ポスト』紙(二〇二三年八月三日)

85　淡水と海水が混じりあっている状態。河口や湧き水のある海中など塩水・淡水の両方から構成されている水域を汽水域《きすいいき》と呼ぶ。

バキ　すごく美味しい！　カレー味にしてご飯と一緒《いっしょ》に食べるんです。輪切りにしてフライにしたのも旨い。結婚式とか何かを祝うときに限って食べる。日常的に食べるものじゃないです

マット　しかし、いくら高級な魚と言ったって殺人的な肘打《ひじう》ちと引き換えるほどの犯罪だろうかね。よほど腹の虫が収まらなかったみたい。二、三歩助走して勢いをつけてからまた肘打ちを繰り返していたよ。相手もすっかり反省していたんだろうね。歯向かうこともせずにじっと耐えていた。バングラデシュの法律ではそんなに万引きとか窃盗は重い罪なの？　目には目を、歯には歯を、っていう

カラム　それはハムラビ法典[86]でしょ

マット　日本だと初犯ならちょっと説教して放免、前科があれば警察を呼ばれることはあっても直接暴力で制裁を加えることなんてあまりないけどね。ここでは嘘をついたりスリや置き引きといった軽犯罪が少ないのはかなり重たい抑止力があるからなのかなと思ってたよ。ストリートチルドレンも物乞いをしないし、新聞や花やポップ

コーンを売ったり路上のゴミ収集はしても犯罪に走ることが少なそうだからね。周囲の人たちが昨日の喧嘩の仲裁もしないで眺めていただけなのはそんな暗黙の社会規範があるからじゃない？　つまり反社会的なことは罰されて当然だという。それでも盗まずにはいられなかったっていう事情もあるかもしれないのにね。日本には風邪をこじらせて伏せっている母親を医者にかからせる金もない平治という若い漁師が禁猟区でヤガラ[87]という魚を繰り返し捕って母親に食べさせていた話が孝行息子の悲劇として何世紀も語り継がれている。ヤガラは栄養のある魚で、今でも料亭や割烹で供される美味な高級魚なんだ。その密漁が度重なったので、罪が露見して簀巻《すま》きにされて阿漕《あこぎ》[88]の海に沈められた話が伝統芸能として残っているほどだ

**カラム**　罪に寛大ってことです？

86　紀元前一七九二年から一七五〇年頃にバビロニアを統治したハムラビ王が晩年に発布した法典。
87　ヤガラ科ヤガラ属の海水魚。学名フィスツラリア・ペチンバ。
88　三重県津市の海岸、阿漕が浦。

**マット**　それはちょっと違うな、犯罪に至った事情のあわれむべき点をくんで、刑罰を軽くすることがあるってことだよ

# 8　猫に魂替《たまが》わりしたベンガル・タイガー

**登場人物**

コトラ（二ヶ月）子猫（♂）
ルバイヤ・アハマド（39）バングラデシュ初の動物保護団体オブホヤロンノを設立・代表
サラ（40）家政婦

**あらすじ**

老ベンガル・タイガーから生後二ヶ月のトラ猫に転生したら自分の体よりも大きいハシブトガラスに襲われていた。前世の記憶を辿《たど》ってみると思い浮かぶのは檻のない自由でスリルのあるシュンドルボンのマングローブの森での暮らしだ。だが猫としてなら居心地のいい屋内でマットさんとの共同生活も悪くない。

## 都心（出勤時）

渋滞した大通りからちょっと奥に入った路地裏のゴミ捨て場に捨て猫らしき子猫がヨチヨチ這っている。

電線に数十羽のハシブトガラス[89]が止まっている。

けたたましい、カラスとは違う命がけの叫び声。

一羽のカラスが子猫を両足で掴んで飛び立とうとしている。

歩いて出勤する途中に現場に出くわしたマット・ヤマゲ、反射的にカラスを追い払おうと駆け寄る。

マット　クリャー！　クォノヤロウッ、シッシッシッ

カラス、子猫を鷲掴《わしづか》みにしたままふてぶてしい眼差しでマットを睨《にら》む。

マット、怯《ひる》まず脱いだ上着をヌンチャクのようにクルクル振り回してカラスを追い払う。

電線に数珠《じゅず》つなぎになって止まっている仲間のカラスたちがクァクァと抗議の声を

上げて騒いでいる。

✣　✣　✣

## 越境性動物感染症緊急センター・センター代表オフィス

**アミナ・チャタジー**　イスマイルから着替えと荷物が届いています。歩いて出勤するのはどうかやめてください。物騒なところを通るのですから。そのためにドライバーがいるのですよ

**マット**　うん、でもね、車に頼ってばかりいたら足腰が弱っちゃうからね。朝、万歩計《ペドメータ》で測りながら六キロ歩くのは健康のためなんだよ。面白いものをいろいろ見られるし。今日も子猫を見つけちゃったよ、ホラ

---

89　スズメ目カラス科カラス属に分類される鳥。学名コルヴス、マクロリンクス。

上着にくるんだ子猫を見せる。

**アミナ** 小汚い捨て猫じゃないですか、まあ不潔。病気でも持っていたらどうするんです！

**マット** 大丈夫、ぼくはもと獣医だからね。それにこの子、カラスにさらわれそうになってた。すんでのところで餌になるところだったんだ

子猫、アミナに対してカッカッと威嚇の声を発する。

**マット** まだ人馴れしてないんだな。大人猫ならフーッとかシャーッとか言うのだろうけどね。兄弟もいたのだろうけど、カラスに食われてしまったのかもしれない。これってベンガルネコなのかな

**アミナ** さあ、ただの雑種猫じゃないですか？

### マットのアパート・リビングルーム（同日・夜）

子猫、皿の中に与えられたミルクを一心になめている。

マット、子猫に向けて、

マット　ちっちゃいから日本名のコトラって名前にしような

コトラ（M）（心の中でのつぶやき）ミルプールの国立動物園でラザとして老衰死したと思ったらあっという間に今度はコトラという生後二ヶ月の子猫に魂替《たまが》わりしてしまった。輪廻転生《りんねてんしょう》って目まぐるしいなあ。体重三〇〇キロだったのが五〇〇グラムになった。勝手が違って戸惑うよ。あんなちっぽけなカラス如《ごと》きにさらわれそうになってビービー焦《あせ》ってしまった。マットさんが助けてくれなかったら、今頃はカラスの子供の餌になって胃袋に収まっていただろうな。猫ってトラと違って檻《おり》の中に閉じ込められなくて自由なのがいい。なんて恵まれた境遇なんだろう。ロバなど

90　ネコ科ベンガルヤマネコ属に分類される。学名プリオナイルルス・ベンガレンシス。

の家畜は重い荷物を運ばされて鞭打たれたりしているっていうのに。こうなった以上、早く猫語をマスターして仲間の猫たちと意思疎通できるようにならなきゃな。虎も猫も同じネコ科だからさほど難しくはあるまい、ニャー

**マット、コトラに向けて、**

**マット**　よほど腹を空かしてたみたいだな。いっぱい飲んで、元気に育てよ。今日はシャンプーで体を洗ってあげよう。明日は猫の大好物なキャットフードを買ってきてやるからな。それにＣＤＩＬ（中央疾病調査研究室）で検査をしてもらおう。ルバイヤのＮＧＯ「オブホヤロンノ」にはワクチン接種、去勢手術もしてもらおう。猫も狂犬病に感染するし人にうつすからね

**マット**　サラ、この猫、コトラっていう名でこれからうちに住むからね、ウンチとかおシッコの場所をしつけないといけないし、よろしく頼むよ

**サラ**　はい、承知しました

（半年後）
陽だまりのソファで居心地良さそうに香箱座《こうばこずわ》り[91]しているコトラ。

✣　✣　✣

**コトラ（M）**（心のつぶやき）檻がなく何者にも拘束されずにいながらそれでいて外敵に襲われる心配もない。トラだったころアジアで最大にして無敵の王者と奉《たてまつ》られていたけど猫と比べれば名ばかりのプライドだな。心も肉体も売ることなく自由でいられるのは今の自分である猫の方だ。わが猫人生に悔いなし

91　ネコの座法の一種。つくばうとき前脚と尻を体の下にくぐらせる。

# 9　SMSによる草の根サーベイランス

登場人物

ミロン・アーメド（30）越境性動物感染症緊急センター・システム・マネージャー
ニュースキャスター（30）
タパン・ドゥッタ（55）野鳥研究者
ベラル・ビシュワジット（35）家畜保健所の獣医師

あらすじ

バングラデシュにおける高病原性鳥インフルエンザの監視には能動的《アクティブ》サーベイランスが役立つと評価された。見過ごされがちな些細《ささい》な感染の兆しを早期に発見して事前に対策を講ずることができる。一日の遅れが被害の拡大に繋がるので、早期発見により被害額を最小化できる。

## マットのアパート・リビングルーム

マット、ソファに座ってコーヒーを飲みながらTVを見ている。
ニュース番組で渡り鳥のことを報じている。
広大な湿地《ウェットランド》に水鳥の群れが集《つど》っている。
空にも夥しい鳥が乱舞している。

ニュースキャスター　今年も渡り鳥の到来のシーズンになりました。わたしの今来ているところはタンガル湿地帯《ハオール》という湿地《ウェットランド》です。おそらくはモンゴル北部やチベット、中国、ロシア・シベリアのツンドラ地帯などから飛来したんでしょう、カモ類やガンなどが続々と到着しています。それを一目見ようと双眼鏡を持った野鳥マニアらも集まってきています。ここに野鳥の研究をされているタパン先生に来ていただいていいます、いかがでしょう？

タパン　やってきましたね

野鳥の一群を指差して、

タパン　あれはアカボシカルガモです。[92] 嘴《くちばし》の付け根にある赤い斑点があるでしょう。ご覧のようなこのビールと呼ばれる浅瀬で葦や草の生えたところにいる小魚などが目当てなんです。ここは五月から九月の雨季には深く水没していますが一〇月から四月の乾季には二〜六メートルにまで水位が下がるので鳥にとっては好都合なんです。来年の三月頃までここで越冬するのです。ここはラムサール条約登録地に指定され保護されていますが、それでも年々、バングラデシュに飛来する渡り鳥の数が減ってきています。農地の拡大もありますが生息地の劣化、土壌浸食、水質汚染、森林劣化、野生動物の密猟などもあって……

ニュースキャスター　ありがとうございました。他方、高病原性鳥インフルエンザが蔓延している中、地域の養鶏農家の皆さんへどのような心構えが必要か、当地の家畜保健所のベラルさんにつながっていますので、ベラルさんどうぞ

ベラル・ビシュワジット、TV画面にアップで映る。

**ベラル** おはようございます。渡り鳥のシーズンになりましたね。地域の養鶏場や裏庭で鶏を飼育している農家の皆さんに心がけていただきたいのはくれぐれもバイオセキュリティを強化してほしいことです

**ニュースキャスター** 〝バイオセキュリティ〟って何ですか？

**ベラル** バイオセキュリティとは、高病原性鳥インフルエンザの病原体を動物に触れさせないようにすることです。裏庭で放し飼いをして近所の池などで野鳥とふれあわないようにするとか、鶏舎への入り口には消毒液を入れた水盤を置いて履き物を消毒することやスズメやカラスがニワトリに近づかないようにすることです……

バングラデシュ・農村の風景が映される。
農家・裏庭《バックヤード》で数羽のニワトリ、アヒルが放し飼いされている。
野生の水鳥と同じ湖で泳ぐアヒルもいる。

92 学名アナス・ポエキロリンカ。

農家の主婦がその世話をしている。
電柱と電柱の間の電線にカラスやスズメが真珠のネックレスのように連なって止まっている。

## 越境性動物感染症緊急センター・センター代表オフィス

カラムとマットが雑談している。

**カラム・チョードリー**　渡り鳥の飛来が始まりましたね、今朝のニュースで言ってましたよ

**マット・ヤマゲ**　また警戒を呼びかけるシーズンだ、去年の五～六月中国の青海湖《チンハイコ》[93]でインドガン[94]が六〇〇〇羽も死んだあと中国各地でＨ５Ｎ１《エイチファイブエヌワン》の感染が頻発しているからね

**カラム**　そうでしたね

マット　モンゴルやシベリアで越冬した鳥たちが南へ戻ってゆく渡り経路《フライウェイ》でウィルスを運んでくるだろう。そしてバングラデシュからまた各国に広がるのだ

カラム　地域の家畜保健所を通じて鳥フルの発生に目を光らせるよう伝えるのですね

マット　それはそうだがそれだけじゃ足らなくなってきたな

カラム　と言うと？

マット　携帯電話を使う能動的サーベイランスを強化するのだ。二〇〇八年に三つの郡《ウバジラ》で始めたがその後進展していないんだ

93　青海湖は中国最大の湖。湖は西寧の西約一〇〇キロメートル、標高三二〇五メートルのチベット高原の窪地にある。

94　学名アンセル・インディクス。

カラム　鳥フルが発生してから周辺のニワトリの移動制限、殺処分、消毒、三週間の空舎期間という従来の受動的サーベイランス《パッシブ》と比べて対費用効果《コストパフォーマンス》が低いという批判が出ていましたね

マット　そうだ。しかし、一つの郡《ウバジラ》に三人ずつで合計九人の人員配置じゃ情報量が限られているが全郡《ウバジラ》にまで拡大すれば違ってくる

カラム　というと？

マット　一羽レベルの家禽や野鳥の斃死《へいし》の報告をしてもらえば、大きな商業養鶏場への伝播を食い止めることができる。そのために一〇〇〇人の地域動物保健員《コミュニティ・アニマル・ヘルス・ワーカー》に地域を巡回してもらって情報を送ってもらう

カラム　すると毎日最大で一〇〇〇の情報が入ってくるってこともありうるんですか？　情報量の多さに一人では捌《さば》き切れないのじゃありませんか？

**マット**　できる。SMS《ショート・メッセージ・サービス》ゲートウェイ[95]は情報量が大きければ大きいほど真骨頂が発揮できるんだ

**カラム**　フム、フム

**マット**　そして火種の小さいうちに大規模な火災にならないように鎮火を目指す初期消火のように大型養鶏場での感染を未然に防げれば莫大なコストをかけずに済む。一〇〇〇の人件費は安いもんだ

✣　✣　✣

95　電子メッセージの送受信を可能にするシステムでSMSを介してテキストメッセージを送ったり受け取ったりする機能を提供する。

ニティッシュとミロンが入室。

マット　固定電話の加入率はバングラデシュはものすごく低いよね

ニティッシュ　一パーセント未満、おそらく世界の最低レベルでしょう

マット　その反面、世帯当たりの携帯電話の保有率は八〇パーセントを超えている

ニティシュ　固定電話の回線が少ないから必要に迫られて使っているんですね

マット　そう、それを逆手にとって草の根サーベイランスに使うんだ。使い慣れた携帯電話で地域の家畜保健所で目の届かない、民家の裏庭での見過ごされがちなマイナーな感染や死亡の報告をうちの事務所のサーバーにリアルタイムで送ってもらって集計する

カラム　一〇〇〇人を全国に配備すればどこがリスクが高いか予測できますね

**マット**　その情報をふたたび全国の家畜保健所に知らせて目を光らせてもらう。大規模な養鶏場へのアウトブレイクが周辺へ類焼するのを防ぐために小規模な感染の段階で対策を講じるのだ

**カラム**　早期発見、早期対策につながりますね

**マット**　ミロンに尋ねたらSMSゲートウェイのシステムを使えば可能だそうだ、ねえミロン

**ミロン**　ええ、たとえ毎日、何百、何千という情報が入っても対応できます

**マット**　DX《デジタル・トランスフォーメーション》のおかげで即座にね。そしてそれぞれに指示を送れるのだ。サンプル採取とか農家にはカラスやスズメを含む野鳥と放し飼いのニワトリが接触《ミングル》しないようアドバイスできる

**カラム**　アウトブレイクの発生の可能性を最小化することができますね

マット　郡《ウバジラ》は全部で四九五あるから一〇〇〇人を目標にして過去の発生歴からプライオリタイズして順番を決める

カラム　地域動物保健員《コミュニティ・アニマル・ヘルス・ワーカー》をやってくれる人がいますかね

マット　年齢、性別は問わない。やりたいものがやればいい。やる気が大切なんだ。サンプルの採取や冷蔵での発送、メッセージの送付法の訓練は必要だけどね。監督には家畜保健所に追加獣医師を一〇〇人雇う。バイクも供与する。これくらいなら予算的に大丈夫だ

## ダッカの中心部の大通り（三年後）

車道にひしめく車、バス、リキシャやCNG《圧縮天然ガス》で走る三輪自動車《オートリキシャ》[96]の乗客が携帯電話

やスマホで話している。

### 越境性動物感染症緊急センター・サーベイランスルーム

壁に掛けられた大型ダッシュボードにバングラデシュのマップ上にＨ５Ｎ１《エイチファイブエヌワン》陽性発生場所の表示が赤丸で表示されている。

バングラデシュの各地から送られてくる情報が次々と表示される。

**ミロン**　コックスバザールのサンプルは国立家畜衛生研究所[97]で陽性とＰＣＲで確認されました

**マット**　家畜保健所に直ちに殺処分《カリング》をするよう指示を送ってくれ。消毒と半径三キロ以内の家禽の移動禁止の指示と近隣の養鶏場に注意喚起も

---

96　天然ガスを三〇〇〇ｐｓｉの圧力で圧送したものを充填したガスボンベを装備した三輪自動車。

97　正式には「バングラデシュ家畜研究所（ＢＬＲＩ）」。ダッカのアシュリア地区にある。

ミロン　了解

マット　被災農家への補償金の支払いの指示もね

✣　✣　✣

マット　三年前までは最初の通報があってから処分が始まるまで五日近くかかっていたのが今では一日半にまで短縮できている。これが感染拡大を抑えることに役立っているとローマの本部が評価してくれているそうだ。プロモーション・ビデオ[98]にもしたいらしい。ローマで報告するよう招《よ》ばれたよ。一緒に行こうな

98　『農場からのメッセージ』https://www.youtube.com/watch?v=eEj0gVV44V0

# 10　静かなクリスマス

**登場人物**

花売りの少女（年齢不詳）

**あらすじ**

一二月から二月まではバングラデシュでは最も寒いシーズンだ。防寒具なしでは肌寒い。二四日のダッカの町はいつもと変わりない賑わいで、渋滞している道路上で子供たちが車と車の間を縫って新聞やポップコーンや花を売り歩くのに忙しい。花を売る少女からピンクのバラを一束買う。

**四輪駆動車内（一二月二四日夕方）**

事務所からイスマイル・ラーマンの運転する車でマット・ヤマゲ、帰宅の途上。

マット　イスマイル、相変わらずひどい交通渋滞だね。一〇分かかってたった一キロメートルしか進んでないじゃないか。これじゃ歩いた方が早いってもんだ。車と車のあいだを縫って新聞や花やポップコーンを売り歩く売り子たちにとっては好都合だろうけれど

イスマイル　いつものことですよ。申し訳ないですね

マット　お前の責任じゃないよ。それよりも小便をしたくなっちゃった。すまないけどちょっと近くで用を足してくるからこのままゆっくり進んでいてよ

マット、下車して歩道へ向かう。

五分後、マット車へ戻る。

マット　こちらのリキシャ引きのみなさんはみな塀に向かって座ってうまく用を足すね。ルンギ[99]を腰に巻いているだけだから。ぼくも穿いてみようかな

イスマイル　きっとお似合いですよ

マット　それにしても寒波がすごいね。五度くらいには下がっているらしい。なんでバングラデシュがこんなに寒いの？　ヒマラヤから吹いてくるのかい？　防寒具を買うからどこかでちょっと止まってくれないか？

イスマイル　わかりました。ニューマーケット[100]に行きましょう。あそこならなんでも買えますから

✣ ✣ ✣

マット　（イスマイルに見せるように）どうだい、こんなホッカホカのダウンコートが見つ

かったよ。エスキモーも羨ましがるな。さすがアパレルのバングラデシュ、衣類は良いものが安く買えるね。五〇〇〇タカで買えたよ。バングラデシュは暑い国だと思っていたから冬物は日本から持ってこなかったんだ

**イスマイル**　それは良い買い物をしましたね

**マット**　ところで今日はイブだというのに街にはイルミネーションもなくいつもと変わりない。ジングルベルも聞こえない。クリスマスってやっぱりこの国には無縁の外国人のお祭りなんだね？

**イスマイル**　今日はとくに特別の日ではないです。国民の九割以上がイスラム教徒ですから

---

99　腰に巻かれる伝統的衣装。継ぎ目のない筒状になっている。上端二点を引っ張って、約二回ほど結び、両端を腰の中に入れる形で着用する。

100　ダッカのアジンプール北部にあるバングラデシュ最大の商業市場。観光客向けではなく地元の人が買い出しに行くところ。

ね

マット　そうだったね。しかしそう言われれば日本は建前上、人口の七割近くが仏教徒[101]なのだけれどね。イエス・キリストの生誕を祝うし新年や結婚式は神道で祝いつつ年末は除夜の鐘を聴きながら仏教徒になる。葬式もお墓も仏式が多いし。変わっているのは日本かもね。キリスト教の国でもないのだから大騒ぎするのがちょっとおかしいのかな。街中イルミネーションで飾ったクリスマスツリーをあちこち立ててケーキを食べて友達らが集ってワインを飲んでお祭り気分なのだからね。ヨーロッパではクリスマスはもっと厳粛で静かに家族で祈るっていうものだったな。東京で学生の頃この時期、ケーキが半額にディスカウントされるのを待って買いに走ったもんさ。二五日の夜になればほとんどタダ同然になったり廃棄されたり豚の餌になったりなんだ

イスマイル　この国の年に一度の犠牲祭《イード・アル＝アドハー》みたいなものなのでしょうね。豚は食べませんが牛や山羊をたらふく食べるし近所に配ったりします

**マット**　日本ではクリスマスの後は年末から新年にかけてまた、いろいろ行事があって体調を壊す人が続出する。とても騒がしいシーズンなんだ。あっ、女の子が花を売っている、ピンクのバラだ。買うからちょっと止まってくれないか？　せめて明日、事務所に飾って静かに祝おう

101　文化庁の『宗教年鑑』（令和３年版）によると約八三九七万人（人口の六六・九パーセント）が仏教系宗教団体、約八七九二万人が神道系宗教団体の信者。

# 11　過酷地手当《ハードシップ・アローアンス》

登場人物

ドミニク・ブルギニョン（38）国際連合食糧農業機関バングラデシュ代表

ブリジット・ブルギニョン（38）ドミニク・ブルギニョンの妻

チロ・シチーニ（41）経済学者

あらすじ

セクハラやパワハラに対して国連は厳格である。職員の駐在地が過酷地であろうとなかろうと関わりがない。

**越境性動物感染症緊急センター・センター代表オフィス**

マット、デスクで執務。

フランツィスカ入室。

フランツィスカ・ゼーマン　マット、おトイレ使わせてね

マット、仕事をしながら、

マット・ヤマゲ　どうぞ

✣

✣

✣

フランツィスカ　ここのトイレはきれいでいいわ。あっちのトイレ、汚くて。臭いし

フランツィスカ、鼻の横に縦皺を寄せて微笑む。

マット　そうかい、掃除はしてもらってるはずなんだけどね。そりゃ、君のいるホテルほど

には掃除は行き届かないだろうけれど。で、ホテルからアパートには移るの？

**フランツィスカ**　ずーっとホテル暮らしを続けようかなと思っています。ココ・シャネルは生涯ホテル生活だったし

**マット**　もう一年以上になるけどホテル住まいってなにかと不便じゃないかい？　好きな家具とか植物を置いたりできないからさあ

**フランツィスカ**　洗濯機とか掃除機といった所帯じみた持ち物まで持たないでいられる気楽さがいいのよ。それに一人暮らしでも警備員《ガード》を雇うことも必要ないし。ただ、ホテルの一階がレストランになっていて誰でも来ることができるからときどき面倒なことが起きるのが厄介だけど

✦　✦　✦

（一週間後）

呼ばれてドン・ブラウンがオフィスに打ちひしがれた面持ちで入ってくる。

マット　ドン、フランツィスカから苦情が出ている。つきまとわれて困ってる。本当かい？

ドン　……何て言ってました？

マット　プロジェクトに名前を加えてくれないかってしつこくせがまれてるって、もう二、三ヶ月も。わたしのプロジェクトを乗っ取《ハック》りしようとしてる、これってパワハラじゃないかと言っていた

ちょっと小首をかしげて、

ドン　二、三回どうかなって頼んだことはあります。メンバーに加えてくれるというのならそれはそれでいいですけど……、無理なら無理でかまわないんですよ

マット　それに彼女の部屋に花を頻繁に届けてるらしいけど、やめてほしいって。それも十分なセクシャル・ハラスメントだよ。ストーカー行為だ。国連がとりわけジェンダー問題に関してはセンシティブなのは知ってるだろ？　これ、君にはきびしいけどローマの本部に報告しなくちゃいけない

ドン、沈痛な表情で。

ドン　……なんとかそれはボスのお力添えで回避できるようになりませんか？　こんな不名誉な形で仕事を辞めることに追い込まれたりしたら国へ帰っても再就職もままならないし……

ドン、うなだれる。
悔恨の表情。

ドン　……家族に合わせる顔もない

**マット**　気軽に一人暮らしの女性を訪れるなんて非常識だよ。君も妻子が国にいるように彼女も夫がいるのだから

**ドン**　（小声で）そうです……

**マット**　この間、バンコクへ出張のときにも彼女の部屋に強引に入ろうとして断られたそうじゃないか？

**ドン**　僕の部屋は廊下を挟んで向かいでしたからね、話をするのにロビーに降りる必要もないじゃないですか

**（回想）越境性動物感染症緊急センター・センター代表オフィス**

フランツィスカ、ソファに座って神妙な面持ち。

**フランツィスカ**　わたしの部屋に入ろうとするのよ。入れなかったわよ。わたしが（アフリ

カのある国に赴任中の）夫と離れて長い間単身赴任だからって足元を見られて軽く扱われているのだとしたら……

伏し目がちのフランツィスカ、歯で左下唇を噛む。

フランツィスカ　……悔しい

マット　一度、三人で座って話し合わなきゃならないと思うけどどうだい？

（回想終了）

◆◆◆

**国際連合食糧農業機関バングラデシュ代表部・会議室（翌日）**

マット、ドミニク・ブルギニョン、チロ・シチーニ、会議後ティーを飲みながらの雑談。

**マット**　歓楽街もなくアルコールも普通の店ではご法度のこんなダッカのような都会で家族と離れて単身赴任なんだからね……

**ドミニク**　うちのカミさんのブリジットが言ってたけど、フランツィスカのその気のありそうでなさそうな曖昧な態度が男を惑わすのだと。ドンに落ち度があるのは当然にしてもね

**マット**　あの二人、よく連れ立って昼食を摂りに出ていたよ。仲がいいと思っていたんだけどね。僕もタンドリ・チキンの美味しいインド料理屋があると彼女に誘われたことがある

**ドミニク**　ハッハッハ

**マット**　友だちを作りたければダッチクラブ[102]とかバグハクラブ[103]とかカナディアンクラブ[104]とかインターナショナルクラブ[105]とかの海外駐在員《エクスパット》のためのクラブに顔を出せばいいのにね。会員制なんで特別にビールもワインも飲める。ダッカには九つもある。同国人の友だちだって作れるだろうし。ぼくはダッチクラブとカナディアンクラブのプールには時々泳ぎに行ったりもしてる

**チロ・シチーニ**　おい、これって俺たちが話し合って結論を出すことかね。俺たちゃ精神病院の医者でもないし教会の神父でもないのだし。道徳的、心理学的、哲学的に論評することはできても懲罰が伴う以上せめて本部の労働問題の専門家に任せたほうがいいぜ。こんなことより、ダッカの過酷地分類《ハードシップ・クラシフィケーション》[106]がCからBにされそうなのをどう思う？　過酷地手当て《ハードシップ・アローアンス》が減額になるんだぜ

**マット**　ハルタル[107]なんかがあると時々過激化してバスがひっくり返されたりすることがあるもんね。手当て欲しいいね。そんな時は身の危険を感じることがあるもの

**チ　ロ**　だろう？　町の安全性、治安、医療、気候、アメニティや生活利便性なんかを公平

に考慮すればBってことはないよな[108]

**マット**　つまり、ダッカがアメニティや生活利便性がなくて住みにくい町だからお互いもっと許し合おうって？　あまり説得力ないね

---

102 一九七八年に設立されたダッカで最も古い外国人クラブ。オランダ系だが三〇ヶ国以上からの会員がいる。グルシャンにある。

103 一九七九年に設立された英国系の外国人クラブ。グルシャンにある。

104 カナダ系の社交クラブ。グルシャンにある。

105 一九八七年にイタリア、デンマーク、フランス、エジプト、日本からの駐在員たちによって設立された。グルシャンにある。

106 国連の職員の勤務地はA~E、Hの六つのハードシップ区分があり、これにより手当額や休暇の頻度が決まる。Aがハードシップがほぼ無い地域、Eがハードシップ度が最も高い地域でHは本部またはそれに準ずる地域。この駐在困難度《ハードシップ》カテゴリーに応じて地域調整給《ポスト・アジャストメント》が基本給に加算される。

107 消極的な政治的反抗として行われるストライキ(同盟閉店、同盟休業)。

108 バングラデシュのダッカの駐在困難度は二〇二三年現在C。

## 越境性動物感染症緊急センター・センター代表オフィス（翌日）

ドンが扉をノックして返事も待たず前日とは打って変わって顔を輝かして入室。デスクに両手をついて、マットに顔を近づけブラフ。

✣　✣　✣

ドン　マット！　あなたのマネージメントは素晴らしいよ。皆の間でも前から評判だってことを言いたくてね。さすがわたしの見込んだ通りだな。これが日本的管理っていうのだろうね。ヒト遣いがうまいよ！　しかし、（少し小声で）レオのやつ、蔭でひどいこと言ってることを知ってます？　放っておくとあなたの評価がひっくり返るかもしれないよ。わたしも今のままだったら、同じようになっちゃうかもしんないし

マット　持って回った言い方だけどフランツィスカをなだめて君たちのあいだのしこりをな

かったことにしてくれっていうことなのだろ？　君自身が変われなけりゃ問題は解決しないよ。ローマにお世話にならなくちゃいけないかな

**ドン、ふたたびうなだれる。**

**マット**　過酷地手当《ハードシップ・アローアンス》てが低いと何か不都合が生じる？

# 12 ベンガル・ルネッサンスふたたび

登場人物

ジョージ・ハリスン（28）元ザ・ビートルズのメンバー。

ジョーン・バエズ（31）シンガーソングライター。

シェイク・ハシナ（65）バングラデシュ首相。

大川周明（27）印度哲学者。

東條英機（63）日本の陸軍軍人、総理大臣。

ジャワハルラール・ネルー（68）インドの初代首相。

ラダ・ビノード・パール（61）日本の戦争犯罪を裁いた極東国際軍事法廷（東京裁判）の一一人の判事団のインド代表。

インディラ・プリヤダルシニー・ガンジー（40）インドの政治家で第五代、八代首相。インド初の女性首相。

相馬黒光《こっこう》（39）夫の相馬愛蔵とともに新宿中村屋を起こした実業家、社会事業家。

相馬愛蔵（45）長野県出身の社会事業家、実業家。

ラス・ビハリ・ボース（26）インド独立運動家。

チャールズ・ハーディング（54）インド総督。

ヘンリー・コットン（54）一九〇九年に出版された〝New India: Or, India in Transition〟（『新印度』）の著者。

ジョージ・オーウェル（19）イートン校卒業後、インド帝国の警察官としてビルマへ赴任した作家。

リチャード・ブレア（50）インド民政局アヘン部に勤務した役人。

ラビンドラナート・タゴール（40）ベンガル詩人。

岡倉天心（38）アメリカ人教師フェノロサとともに日本美術を再発見した思想家。

相馬俊子（18）相馬夫妻の長女。

## あらすじ

バングラデシュは二度の独立を経てできた国だ。最初はイギリスからの独立でインドとともに分離独立したパキスタン、そして二番目が西パキスタンからの独立。二番目の独立を先進国で最初に承認したのは日本だった。また最初の独立にも日本は深く関わっていた。その背景にあったベンガル文化の復興《ベンガル・ルネッサンス》の流れの中で日本が開国以来西洋に倣《なら》うのに一辺倒であった時代にボストン美術館中国・日本美術部長として東洋に注目した岡倉天心もいた。

## マットのアパート・リビングルーム

マット、TVを見ている。
国会議事堂[109]遠景。
ダッカ市サバール[110]地区にある国家殉教者記念碑[111]での式典場面。
首相と大統領が花輪を捧げている。

## 越境性動物感染症緊急センター・センター代表オフィス（翌日）

マット、バキ、ニティッシュ、カラムが喋っている。

マット　昨日三月二六日はバングラデシュの独立記念日だったけど、バングラデシュは二度独立してるんだよね

**バキ・チャンドラ**　その通りです

**マット**　最初はバングラデシュがまだインドの一部だった一九四七年にイギリスからインドと同時に西と東のパキスタンとして独立する。二度目は一九七一年にパキスタンからバングラデシュとして分離独立する

**バ　キ**　そうなんです。その二度目の分離独立を祝っているんです

**マット**　この時の苦難は大変だったよね。それを記念した碑があったんだ。昨日ＴＶで観たよ。これはベンガル語を守る戦いでもあった。苛烈な言語弾圧のあった一九五二年二月二一日を国連が国際母語デーと制定することにもつながった。ジョージ・ハリ

109　ダッカの一画シェール・エ・バングラ・ナガル地区にある。
110　ダッカの北西部にある。
111　バングラデシュの独立と主権をもたらした一九七一年の解放戦争とジェノサイドで亡くなった人々を追悼するために建てられた。

スンが一九七一年八月一日にニューヨークのマディソン・スクエア・ガーデンで行ったチャリティ・コンサート[112]もあったし、ジョーン・バエズ[113]も『バングラデシュの歌[114]』を歌って支援した

**ニティッシュ・ドブナッハ**　今もCDやネット[115]で視聴できますね

**バキ**　おかげでバングラデシュの名が世界に知られました。そして日本は世界で最も早く承認してくれた国だったことはバングラデシュ人のあいだでよく知られていますよ

**マット**　最初、インドがイギリスから独立するときも日本は応援したんだよ。知らないかもしれないけど

**ニティッシュ**　それもよく知られています。今の首相シェイク・ハシナ[116]さんのお父さんで大統領であり首相も歴任したシェイク・ムジブル・ラフマン[117]さんはバングラデシュの国旗を日本の国旗に似せて作りました。緑地に赤い日の丸

**バキ**　インドの国民からも日本は感謝されています。インドの独立は日本の助けがあったお蔭で三〇年早められたって言われていますよ

**マット**　第二次大戦で日本はけっきょく悪者扱いされてしまったけどそう思ってくれる人が

112　『バングラデシュのためのコンサート』。ジョージ・ハリスンとその親友でインドのベナレスでベンガル人の家庭に生まれた、シタール奏者、ラヴィ・シャンカールによって企画された慈善コンサート。

113　フォークロックの草創期から活動し続けている、アメリカ合衆国のシンガーソングライター。

114　一九七一年三月二五日にパキスタン軍がダッカ大学で非武装で寝ていたベンガル人学生を弾圧したことに抗議して『バングラデシュの歌』を作った。
https://www.youtube.com/watch?v=CNKIaTDhAfs

115　https://www.youtube.com/watch?v=s41C8u-5wXQ

116　一九九六年六月から二〇〇一年七月まで首相を務めている。第一〇代バングラデシュ首相。二〇〇九年一月からふたたび首相を務めている。バングラデシュ建国の父であり初代大統領であるシェイク・ムジブル・ラーマンの娘。

117　一九七一年四月から一九七二年まで大統領を、一九七二年から一九七五年八月に暗殺されるまで首相を歴任した。

いるってことは嬉しいよ。戦後連合国による戦犯を裁く極東裁判ではインド代表の判事一人以外の一〇人の判事により二八人のA級戦犯が裁かれ東條英機[118]を含む七人が処刑された。唯一の民間人でA級戦犯だった大川周明は「梅毒による精神障害」と診断され、訴追免除となった。ところが晩年はすっかり「回復」してイスラム教の聖典コーランを翻訳出版している。「被告人全員無罪」を主張したその判事はジャワハルラール・ネルー首相[119]が懇請して就任したベンガル生まれインド代表のラダ・ビノード・パール判事だった。一九五七年一〇月四日から一三日まで国賓として娘のインディラ・ガンジーと共に招かれたインドのネルー首相は大川周明にインド解放のために戦った先人の一人として敬意を表しようとしたのだ。しかし一二月二四日に死ぬことになる大川周明はすでに面会できる状態ではなかった。相馬黒光《こっこう》は二年半前の一九五五年三月二日、相馬愛蔵はその前年一九五四年二月一四日、ラース・ビハール・ボースは一九四五年一月二一日にすでに亡くなっていたんだ

**カラム・チョードリー**　最初の独立運動が最も活発だったのはカルカッタを中心としたベンガル語圏においてでした。そのため、反英運動を弱体化させるためにイギリス政府

はベンガル地方をイスラム教徒の多い東ベンガルとヒンドゥー教徒の多い西ベンガルに分割したんです。さらに反英運動の拠点であったカルカッタ、今のコルカタを避けてイギリス領インド帝国の首都をデリーに遷都した

**マット**　そのとき二六歳のインド独立運動家ラース・ビハーリー・ボースは新首都デリーに象に乗って入ったチャールズ・ハーディング総督に爆弾を投げつけ重傷を負わせたんだよね。翌年一九一三年一一月一三日、ラビンドラナード・タゴールはアジアから初めてノーベル文学賞を授与された。三十代の頃からアジア文化の再認識のためにタゴールと共感しあってボストン美術館中国・日本美術部長としてインドと日本を相互に行き来した岡倉天心はその事実を知ることなく九月二日に亡くなっていたんだが。のちに思想家となる大川周明がヘンリー・コットンの『新印度』の原書を古本屋で偶然見つけて読んで衝撃を受けたことが日記に書かれている。印度哲学を

118　第二次世界大戦中の一九四一年一〇月一八日から一九四四年七月二二日まで第四〇代内閣総理大臣を務めた。

119　インドの初代首相。

学んで東京帝国大学を卒業して間もない二七歳の時だよ。尊敬の対象でさえあったインドがイギリスの植民地支配に喘ぐ惨状を知ったからだ。イギリスでは綿工業の機械化や石炭エネルギーを利用した蒸気機関の発達による産業革命の真っただ中にあった。インドから原料の綿花を仕入れ大量生産した安価な綿織物がインドに溢れた。もともとインドにあった家内産業による綿布は太刀打ちできず廃れて、小麦や食糧を作るための畑では代わりにイギリスのための染料の藍や綿花という原料を供給するための農地となった。イギリスは中国からは茶や絹や陶磁器を輸入していた。その代金としてイギリスの綿織物を売ろうとしたが絹織物や良質の綿製品を生産している中国には買ってもらえない。銀で支払われていたがイギリスの輸入超過は膨らむ一方だ。そこでインドで栽培されているアヘンを密輸入したら飛ぶように売れた。とくにベンガル産のアヘンは最高級として人気があったのだ

**バキ・チャンドラ**　ふむふむ

**マット**　ジョージ・オーウェル[120]は英領インド帝国政府アヘン局の官吏としてベンガルで中国に販売するアヘンの生産と貯蔵を取り仕切っていたリチャード・ブレア[121]の息子

としてベンガル地方のビハール州モチハリに生まれている。一歳で母親と共にイギリスに帰国し一四歳でエリート校のイートン校に学ぶことになる。聡明で早熟な子供だから父親の仕事が道徳的に見て誇れるものではないことを知っていたんだ

バキ　そうなんだ！

マット　イギリス植民地政府に追われながらイギリスの支配から免れるために日本の支援を求めてボースは一九一五年日本にやってきたのだ。日露戦争でロシアを打ち倒した日本なのだからという期待があった。ラビンドラナート・タゴールの親族だと偽名を使っての亡命だったんだ。そのボースを匿《かくま》ったのが大川周明だった。それでもイギリス政府にはテロリストでお尋ね者であるとして特高により追跡され捕まっ

120　本名エリック・アーサー・ブレア。イギリス植民地時代のインド生まれのイギリスの作家、ジャーナリスト。

121　上ベンガルと呼ばれるビハール州の北部地域においてインド帝国政府阿片局でアヘン代理人の下働きをしていた。三七年間の勤務の後、五五歳で引退してイギリスに帰国した。

た。国外退去命令の最終日に清朝政府に追われて日本に亡命していた孫文[122]から日本を盟主としてアジア諸国民の連帯を企図していた大アジア主義者・頭山満《とうやまみつる》[123]に紹介され相馬黒光《そうまこっこう》・愛蔵《あいぞう》夫妻に匿《かくま》ってもらうことになった。新宿でパン屋を経営しながら芸術家や知識人を集めていた夫婦だった

バキ　ふむふむ、それで？

マット　日本はイギリスとは日英同盟を結んでいたからイギリス政府の意向は無視できなかったんだな

バキ　まるでスパイ映画みたいですね

マット　この新宿中村屋はボースの発案で始めた「純印度式カリー」で人気を博し相馬夫婦の一人娘・俊子[124]と結婚した。ボースは帰化して日本人になった。このカレー屋は一〇〇年近く経ったいまも人気のある店として行列のできるほど繁盛しているんだ。だからバングラデシュの独立はベンガルルネッサンスの連続線上にあると言っ

てもいい

122　辛亥革命《しんがいかくめい》を起こして清《しん》王朝を倒し、中華民国を建国した。中華民国では中国最初の共和制の創始者として「国父」と呼ばれている。

123　欧米列強のアジア侵略に対して、アジアの団結を図ろうとする大アジア主義の考えに基づいて結成された政治団体である玄洋社で中心的役割を担った。

124　相馬夫妻の長女。中村屋を出た後のボースとの連絡役を務め、大正七年（一九一八）には頭山満の媒酌でラス・ビハリ・ボースと結婚。

# 13　ヒマラヤ上空を飛び越える渡り鳥たち

**登場人物**

ニコラ・ウィンディ（30）野鳥生態学者

**あらすじ**

渡り鳥がどこから来てどこへ行くかを知ることは高病原性鳥インフルエンザのアウトブレイク発生を予測する上で大切である。従来は足環《バンディング》を装着して放鳥した鳥が次に捕獲されたところでそれまでの飛行経路を推測するほかなかった。夏のあいだ清涼な高緯度のツンドラ地帯で営巣・繁殖をした渡り鳥はヒマラヤ山脈を飛び越えて、冬のあいだ温暖に過ごせる南方に移動して越冬する。数千キロメートルにおよぶ渡りの経路には中継地として感染症の常在地もあれば人の高密度居住地、家畜や家禽《かきん》の集中飼育場やカラス・スズメのような留鳥《レジデント・バード》の生息地、ニワトリやアヒルなどの放し飼いの裏庭《バックヤード》もある。人工衛星と発信器の活用により、今までブラックボックスであった高病原鳥インフルエンザウイルスと動物たちとの遭遇がより説得力を持って予測できるようになった。

## ダッカ（二〇一〇年二月）

人と車とリキシャが道路を埋め尽くしている。

買い物客でごった返す生鳥市場《ライブ・バード・マーケット》風景。

二〇〇七年以来バングラデシュでは年間を通して家禽や野鳥で高病原性鳥インフルエンザが繰り返し発生している。

また、バングラデシュは鶏肉の取引はほとんどの場合生きた鳥が市場で処理され消費者に直接売られるので一般市民が生きた鳥と接触する機会が多い。

バングラデシュは渡り鳥にとって高緯度の繁殖地と越冬地のための温暖な地域とを結ぶ二つのフライウェイ[125]の交差点である。

## 越境性動物感染症緊急センター・鳥インフルエンザ中央監視デスク

125　多数の鳥類が繁殖地と越冬地の間を移動する際に利用する飛行経路。バングラデシュを通過するものには「中央アジアフライウェイ」と「東アジア・オーストラリアフライウェイ」がある。

バングラデシュの四九五ある郡《ウバジラ》のうち三〇六ヶ所に配置された一〇〇六人の地域動物保健員《コミュニティ・アニマル・ヘルス・ワーカー》から能動的サーベイランス[126]での観察結果が毎日ＳＭＳゲートウェイでサーバーに送られてくる。

ダッシュ・ボードにデータがリアルタイムに表示されている。

ミロン・アーメドがＰＣ画面を睨《にら》んでチェックしている。

ミロン、廊下を挟んだ向かいのマット・ヤマゲのオフィスに入る。

### 越境性動物感染症緊急センター・センター代表オフィス

**ミロン**　コックス・バザールの近郊の村の農家の裏庭《バックヤード》で飼われていたニワトリ二羽の死骸と瀕死の三羽のサンプルから簡易検査で高病原性鳥インフルエンザ陽性という結果が出ましたよ

**マット**　そうか、またか……すぐにいつものようにサンプルを採取してダッカの中央家畜疾病検査所に送るように言ってくれカラム、ニティッシュ、バキも入室。

**カラム**　周辺の養鶏場も農家も要注意ですね

**マット**　そう、ニワトリやアヒルの放し飼いは取りやめ。そして感染した裏庭の生き残りの三羽もただちに殺処分だ。最寄りの家畜保健所で補償金を申請するように伝えておくれ。裏庭での養鶏は卵を家で食べることもできるし、主婦たちが生活費や医療費、子供の教育に必要な現金を得るための大切な手段なんだ。女性が家庭内で発言権を持つためにも重要だ。さしあたって代わりに山羊を供与することも考えなくちゃいけない。ニワトリやアヒル、山羊は雑草や残飯で飼うことができるからね

✣　✣　✣

126　アウトブレイクの発生以前にその兆候を発見することを目的に地域動物保健員自ら積極的に情報を収集する方法。

## 同・会議室

**マット**　世界自然保護基金[127]がバングラデシュで渡り鳥の調査と衛星発信器《サテライト・トランスミッター》の装着をするので支援を求めてきている。ムールヴィバザール[128]というところらしい。モンゴルやカザフスタン、トルコ、エジプト、中国など一二カ国で六〇〇羽以上二三種の鳥に装着して一年以上追跡するそうだ。うちのフィールドスタッフに手伝いに行ってもらう。採血、綿棒《スワップ》でのサンプル採取はお手のものだからきっと役に立てるだろう

**バキ・チャンドラ**　ムールヴィバザールは北東部でインドに接してるところです。湿地帯があるんですよ

**マット**　米国地質調査所ＵＳＧＳ[129]が衛星発信器や衛星との通信費を負担する。うちも人件費を出す予定だ。マサチューセッツ工科大学からニコラさんという鳥類生態学の専門家が来てくれる

（フラッシュで）

**ニコラ・ウィンディ**　（Ｚｏｏｍで）　バングラデシュはフライウェイ上、とても面白い国なので楽しみにしています

127　ジャイアントパンダのシンボルとＷＷＦのロゴで知られる一九六一年に設立された国際ＮＧＯ。ＷＷＦインターナショナルはスイスのヴォー州グランに本部を置く。

128　バングラデシュで最大の湿地帯《ハオール》がインド北東部にあるアッサム州とバングラデシュの国境に近いシレットにある。この湿地帯は、バラレカ、クラウラ、ゴパルガンジ、フェンチュガンジ、ムールヴィバザール各郡《ウパジラ》の一部を占めている。

129　アメリカ合衆国政府の科学的研究機関のひとつ。本部は首都ワシントンＤ．Ｃ．に隣接するバージニア州レストンに所在。

マット　『サイエンス』[130]誌に電話インタビューもされちゃったよ。僕も行ってみたくなったな

カラム　すごく面白そう。わたしも行きたくなった

マット　以前、モンゴルとベトナムと香港でやったことがあるけど……モンゴルではロシアとの国境近くの野鳥保護区域《サンクチュアリ》でオオハクチョウ[131]とアカツクシガモ[132]捕獲で苦労した。換羽期《かんう》で飛べない七月だったけど、けっこう足は速い。沼地で長靴ばきなのでズブズブ沈んで追いつくのに大変だった。倒れて泥まみれになったけど楽しかったよ。今回は霞網《ミストネット》を使うらしいけどね

カラム　すごく大掛かりなプロジェクトなんだな

マット　一〇〇年も前から足環《バンディング》を装着して渡り鳥のトラッキングはされてきた。今も実施されているけど、鳥がどこからどこまで飛んだかがわかるが、途中にどこを通ったかが全然わからないんだ。どこに寄り道をしたかもわからない。サテライト追跡では

どこをいつ通過しているかがリアルタイムでわかる。バングラデシュとモンゴルのあいだには二〇〇五年にオオハクチョウやインドガンが[133]大量死した中国のチベット・アムド地方の青海湖《チンハイ》がある。高病原性鳥インフルエンザの発生地を通過するとその後の行き先は感染のリスクがあるってことが予測できる。[134]お金はかかるけど、かけた甲斐はあるんだ

✣

✣

✣

130　「飛行計画《フライト・プラン》」『サイエンス』誌(二〇一〇年四月三〇日号)、五五三ページ。
131　カモ目カモ科ハクチョウ属に分類される。学名シグナス・シグナス。
132　カモ科ツクシガモ属に分類される。学名タドルナ・フェルギネア。
133　カモ科マガン属に分類される。学名アンセル・インディカス。
134　このデータの一部は公開されている。『ムーヴバンクにおける鳥の渡り：ユーラシア大陸』https://www.youtube.com/watch?v=y4JJgyTncCA

## スナムガンジ県《ディストリクト》・タンガル湿地帯《ハオール》[135]（翌年、十二月はじめ）

渡り鳥が湿地に群れている。
湖面を覆うほどの鳥。
空にはおびただしい鳥が舞っている。

## タンガル湿地帯《ハオール》の水辺

葦《あし》の茂る湿地で白いつなぎの防護服を着たカラム、マット、ニティッシュ、バキたち四人がしゃがんでいる。
渡り鳥の花林糖《かりんとう》サイズの糞を滅菌された綿棒で摘んで一つひとつ培養液のバイアルに採取している。

カラム　どれがどの鳥の糞なのか判別するのが難しいですね

マット　アカツクシガモだとわかるのを採ってくれ。新鮮なのがいい

**マット**　昨日、ボストンのニコラからＺｏｏｍで、去年ここでうちのメンバーも参加したチームが衛星発信器《サテライト・トランスミッター》を装着したなかの二羽のアカツクシガモがロシアとの国境に近いモンゴルのブス湖で夏を過ごしたあと、中国を縦断してヒマラヤを越えたあとこちらに来ているって連絡が入ったんだ

**カラム**　この群れの中のどこかにいるんでしょうね

**マット**　ハーネスで使い捨てライターサイズの装置が装着されているけどこれだけ数が多いとどれだかわからないな。ただ、いつどこにいたかはマップに日時とともに記録が残っている。バングラデシュ国内でもあちこち動いているようなんだ。ダッカ上空も一二月一日に通過している。Ａ型インフルエンザウィルスが検出されたら系統解析《フィロジェネティック・アナリシス》から塩基配列のわずかな違いによりどこの地域で流行しているウィルスと最も近縁かがわかる。つまりどこで感染したかが推定できるんだ

---

135　メグナ川上流域に広がる湿地帯のひとつ。タンガル・ハオールはラムサール条約に登録されている。

ニティッシュ・ドブナッハ　渡り鳥の主なフライウェイはふたつがバングラデシュで交差していますからかなり広範囲からの鳥がやってきているでしょう

マット　渡り鳥のハイウェイが交差しているようなものだね。インターチェンジというよりもハイウェイ同士の連結だからジャンクションだな

カラム　そしてその途中の裏庭《バックヤード》や湖で放し飼いのニワトリやアヒルと接触する

マット　そう、鳥の腸内にいるインフルエンザ・ウィルスが糞とともに水辺を汚染し、その飛行経路を旅する他の鳥たちに感染するんだ。渡り鳥でないスズメやカラスのような留鳥《レジデント・バード》にも

バキ　中国南部の広東省の風土病として狭い地域だけに流行していた鳥インフルエンザが世界に拡散したのもこんな国際ルートがあったからなんですね

マット　そう、ちょうどリレーのようにね、ガンやハクチョウが繁殖し、巣作りをする北極

圏に近いツンドラ地方と寒すぎる期間を過ごす南方の避寒地のあいだを何羽もの鳥がウィルスを運搬する。問題なのは気候変動で従来のパターンが崩れてきていることなんだ。例えばまだウィルスが入っていないオーストラリアや南極[136]などにもこんなリレーによって伝播するリスクがある。南極にいるコウテイペンギン[137]は渡り鳥と異なり故郷が南極なんだよ

136　二〇二三年一〇月八日、南極のサウスジョージアのバード島で死んだトウゾクカモメから南極とオセアニアで初めて高病原性鳥インフルエンザH５N１が検出された。

137　オウサマペンギン属。学名アプテノディテス・フォルステリ。

# 14　ペット税

## 登場人物

ハキム（11）ファームゲイト地区に住むストリートチルドレン
ナバナ（1・5）コミュニティ・ドック（♀）
ルバイヤ・アハマド（32）動物愛護団体オブホヤロンノの代表
ビダン・ホック（52）中央疾病調査研究室・室長
シャミン・チャクマ（60）メトロ食堂のオーナー
シャキラ・ザファール（55）バングラデシュの国民的歌手。

## あらすじ

バングラデシュは狂犬病による死者が年間二〇〇〇人以上いることでインド、中国に次ぐ世界三大多発国として知られていた。五〇年間続けられてきた野良犬の強制捕獲と殺処分政策は奏功していない。アメリカ帰りのルバイヤの設立したオブホヤロンノによる粘り強いアドボカシーでダッカ市は殺処分ゼロ都市に認定された。しかしペットのオーナーに五〇〇タカのペット税が課されることになった。一方、ルバイヤの始めた国内初のC《キャッチ》－N《ニューター》－V《ワクチネート》－R《リリース》を用いたプログラムは国際機関を巻き込んで動き出した。

**バングラデシュ・ダッカ市内**

人と車とリキシャが道路を埋め尽くしている。

**ダッカ・ファームゲイト・ナガル公園**[138]

マット・ヤマゲが丸焼きチキンを手で捌《さば》きつつ投げる。
ジャンプして器用にキャッチする雑種犬ナバナ。
そばで見ているハキム。
ハキム、マットに話かけている。

138　正式名「シェール・エ・バングラ・ナガル公園」

マット、ハキムに向かって、

マット　この子に狂犬病ワクチンを打って避妊をしてほしいって?

ナバナ、お座りの姿勢をしている。

マット　ダッカ市が野良犬の捕獲と殺処分するのを廃止してくれてよかったと思っていたら
こんどは、「ペット税として五〇〇タカ払って」か、ひどいよね

## マットのアパート・キッチン（日曜日、午前）

キッチンテーブルの上にグリーンのドレープ布[139]をかぶせられたナバナが仰向けに寝ている。

ナバナをうつ伏せにして肩甲骨の間の皮下に狂犬病ワクチンを接種する。
右の耳介の先端にV字型の刻み目《ノッチ》を入れる。
ナバナが目覚めておもむろに四肢を動かし始める。

**マット**　麻酔がもってよかった。これでひと晩たてば大丈夫だ。傷口を舐《な》めないよう首の周りにカラーをつけておこう

ハキム、頬を紅潮させている。

**マット**　ハキムいろいろ手伝ってくれてありがとう。今晩はよろしく頼むよ

**ハキム**　今夜はぼくが公園の土管の寝床の中で一緒に寝て見守るから心配いらないよ。これで明日からは犬捕りに連れて行かれなくて済むんだ。嬉しいな。りっぱなペットになれたんだ

---

139　手術部位の清潔を保つために、手術部位だけを露出させて、それ以外は滅菌した布。

マット　ナバナの母さん犬や異母兄妹犬たちもワクチン接種と去勢・避妊してもらわないとね。耳に刻み目《ノッチ》がないと野良犬と思われてしまう

ハキム　じゃあ、みんなに手術とワクチン接種してくれるんだね？

マット　父親犬《おやじさん》がうちの事務所の軒下に居ついているボス犬だから責任上、面倒みてあげたいけど……ルバイヤがきっとやってくれるよ。バングラデシュで犬の神様だからね。殺処分禁止が実現したのはルバイヤのおかげなんだ。そしてストリートドッグのバースコントロールをやっている。殺処分廃止一周年を記念して来週末には狂犬病撲滅140のための支援コンサートをやるって。ぼくもひとこと挨拶を頼まれているんだ

✦　✦　✦

## ダンモンディ141の屋外円形劇場142（翌週末午前中）

ステージでルバイヤによる司会で若手ふたりの人気歌手たちのパフォーマンスが行われている。

同心円の階段状の観覧席は大人や子供で埋まっている。

一段と歓声が上がる。

三人目としてちょっと年配のシンガーソングライターが現れる。

シャキラ・ザファールがよく知られているらしい三曲を情感を込めて歌う。

一曲ごとに愛犬家らしい幅広い観客層から拍手が湧《わ》く。

さらにふたりのアーティストの演奏が終わるとマットが挨拶。

**マット**　……バングラデシュでは毎年狂犬病で亡くなる人が二〇〇〇人以上おります。これは、インド、中国に次いで世界のワーストスリーです。その被害者の九割以上は犬

140　世界保健機関によると世界の一五〇ヶ国で毎年五万九〇〇〇人が狂犬病でなくなっている。
141　ダッカの中心部にある最も古い住宅街のひとつ。
142　通称「ラビンドラ・サロバー」と呼ばれる円形劇場。

に噛まれることによる感染です。しかもその半数近くは一五歳以下の子供です。一方、アメリカでは毎年、四七〇万人が犬や猫やアライグマのような野生動物などに噛まれます。ニューヨーク・マンハッタン島のセントラルパーク[143]でさえ狂犬病にかかったアライグマ[144]がいるんです。しかし狂犬病で亡くなる人はほとんどいません。なぜなら噛まれた人はほとんどすべて噛まれた直後からひと月にわたって集中的な治療[145]を受けることができるからです。ただしワクチン代だけで少なくともひとり一〇〇ドルの医療費がかかります。かたやバングラデシュでは毎年少なくとも三〇～四〇万人の咬傷《こうしょう》の発生報告があります。その多くは農村など治療の機会が乏しい地域です。したがってお金をかけて治療すればほぼ一〇〇パーセント助かることができる病気で毎年たくさんの人が命を落としているのです。最もコストエフェクティブでかしこい予防策は犬にワクチン接種して狂犬病に罹らなくすることと、そしてむやみやたらと路上で犬が繁殖することを防ぐことです。そうすれば子供が犬に噛まれる機会も減ります。ルバイヤさんはダッカやその他の地域で犬の狂犬病ワクチン接種とストリートドッグたちの避妊と去勢をして街をうろつく犬を減らすプロジェクトを計画しています。今日ここで歌ってくださったシャキラさんをはじめ、バングラデシュで大人気の動物好きのアーティストさんたちにも無償で出

演していただきました。みなさんもよろしくご理解の上、このプロジェクトにご賛同ご支援いただければさいわいです

会場から拍手が湧き上がる。

### 越境性動物感染症緊急センター・センター代表オフィス（翌日の午前中）

**ビダン・ホック**　（電話で）マット、昨日は大盛況でしたね。今朝の新聞に記事が載ってたじゃないですか。すごいインパクトですね。主席獣医官のアシュラフさんも来られてましたよね

143　ニューヨーク市マンハッタンのアッパー・ウエストサイド地区とアッパー・イーストサイド地区の間にある都市公園。

144　アライグマ科アライグマ属に分類される。学名プロキオン・ローター。

145　曝露後接種《ばくろごせっしゅ》(ＰＥＰ)と呼ぶ。

マット　ありがとう。先週借りた避妊手術のための器具セットを活用させてもらったよ。滅菌には加圧滅菌器《オートクレーブ》や煮沸消毒器《シンメルブッシュ》がなくても代わりに調理用圧力鍋が使えるし毛刈りはぼくの電気シェイバーについているバリカンでじゅうぶん間に合ったよ。消毒はうがい用のベタジンだったし

ビダン　（電話で）じつは供与してもらった一〇〇セット、まだ使う機会がなくて倉庫で眠ったままだったんですよ

マット　そうかい？　それなら五〇セット、ルバイヤさんに貸してやってもらえないかな？　彼女、これから大規模にＣ《キャッチ》－Ｎ《ニューター》－Ｖ《ワクチネート》－Ｒ《リリース》をやるらしいんだ。捕獲、避妊、ワクチン接種、リターンだ。獣医さんを五〇名雇ってトレーニングするんだ。それに棍《こん》棒《ぼう》じゃなくてタモ網を使ってやさしくストリートドッグを捕獲する捕獲人も五名雇って車で街を巡回して犬を集めてもらう。そのため、うちからも一万ドル支援するつもりだし。これは病気を媒介する動物のレベルで伝播の連鎖を断つことにより人への感染を防ぐワンヘルス運動のショーケースになるからね。公衆衛生や環境セクターからも期待されてる

**ビダン**　それはすごいアイデアですね。うちの付属動物病院の若手も参加させたいな

✣　✣　✣

## 越境性動物感染症緊急センター・センター代表オフィス（同日午後）

マット、スマートフォンでアシュラフ・アクターと喋っている。

**マット**　アシュラフさん、先週は狂犬病ワクチンをどうもありがとう。パリの世界動物保健機関（WOAH）[146]から二〇万ドース供与されてたんですよね。いま、在庫はどういう状況です？

146　旧称「国際獣疫事務局（OIE）」。一九二四年一月二五日設立された国際機関。現在一八三ヶ国が加盟。動物の疾病管理を調整、支援、推進している。本部はパリにある。

アシュラフ　まだ他には何も使ってませんよ。人手が足りなくてね……

マット　使っていない？　あれはパスツール製の組織培養の不活化ワクチンだけれど、使用期限があるのじゃない？　一年とか二年とか？

アシュラフ　三年だったかな

マット　もったいない。時間が経てば経つほど力価《りきか》は低下しますからね。オブホヤロンノ[147]の代表のルバイヤさんがストリートドッグの大規模なＣ－Ｎ－Ｖ－Ｒ《キャッチ・ニューター・ワクチネート・リリース》[148]を計画していてワクチンを大量に必要としているんです。いっそのことオブホヤロンノに外部委託《アウトソーシング》してはいかがです？

アシュラフ　それ、いいアイデアと思う。うちはどちらかというと牛や水牛などの家畜や鶏のような家禽がメインだからね。犬とかはプライオリティが高くないんだ

マット　そうすればあなたもＷＯＡＨもオブホヤロンノもメンツが保てるし何よりも市民の

みなさんにとって役立つじゃありませんか。三方良しどころか四方良しですよ

## メトロ食堂・ファームゲイト（同日午後）

ナバナ、食堂の向かいの街路樹の根元に座る。
視線の先には入り口脇に設置してある回転オープン式チキン丸焼き機《ロティサリー》。
マサラ[149]まじりの香ばしい焼き鳥の香りが漂う。
シャミンがマットに言う。

**シャミン・チャクマ**　放し飼いっていったって野良犬じゃないんだよ。わしら世話をしてい

---

147　バングラデシュ動物福祉財団。

148　参照「バングラデシュ・ダッカ市における放し飼い犬個体数の推定と犬個体数管理・狂犬病対策プログラムの状況」『プロス・ネグレクテッド・トロピカル・ディージズ』誌（二〇一五）五月一日号。

149　カルダモン、パクチー《コリアンダー》、ナツメグの仮種皮《メース》、胡椒、ナツメグ、ウイキョウの種子《フェンネルシード》、馬芹《ジーラ》などインド料理のスパイスをブレンドしたもの。

るのだからね。ウンチなんかも子供たちがきれいにしてくれている。こいつはこの界隈ではナバちゃんと呼ばれて愛されているんだ。犬の飼育に税金を課して、それが払えなければ罰金だなんてね、おかしいよ。ペットを飼うのは贅沢じゃない。コミュニティドッグも身元もしっかりしたペットなんだよ。こいつはうちのお客から鶏ガラをもらうのが大好きなんだ。子供たちのアイドルなんだぜ

# 15　紙ひろいのタニア

登場人物

タニア（10）バナニ地区に住むストリートチルドレン
ジョティ（10）タニアのペット犬
カマラ（10）女子小学生
アブデュラ・ターシン（70）廃棄物商
ソニア（85）駄菓子屋《ムディルドカン》のお婆さん
ラフィクン・ナビ（69）バングラデシュの人気漫画家。元ダッカ大学美術学部の教員
トカイ（10）漫画家ラフィクン・ナビの漫画の主人公
モニラ・ブイヤン（21）事務所の掃除係
ムハマド・ユヌス(72)バングラデシュの経済学者、実業家。二〇〇六年ノーベル平和賞受賞者
大村智《おおむらさとし》（77）日本の化学者。二〇一五年ノーベル生理学・医学賞受賞

あらすじ

裸足《はだし》で紙集めをしながら生計を立てているタニアの足取りは軽い。長年の夢がますます現実味を増している。国内のパルプ不足で古紙の価格が上昇しているのだ。それに古紙の大口入手先も見つかり、ビジネスも順風満帆だ。ジョティの治療費も賄える。店を持てる日も遠くない。

ダッカ

大通りが出勤ラッシュで車、バス、リキシャ、オートリキシャでごった返している。

バナニ地区150

閑静な住宅街の一角。
タニアが塀に沿った歩道を元気よく歩いている。
左手に透明な袋に入った菓子、右手に大きな黄色の袋を引きずっている。

黄土色の地に茶色の花柄の入った丈長のTシャツに薄緑色のズボン、素足。

うしろにラクダ色した中型犬がしたがっている。

**同・地区・商店街**

横引きシャッターの閉まった店の前の十字路。

角に差しかかるとタニアの前をリュックサックを背に紺のスカートの下に白い綿ズボンに運動靴を履いた同じ年頃の女子小学生が横切る。

髪は白いヒジャブ[151]で覆われている。


**同・地区・廃棄物商・店頭（同日午後四時）**

**アブデュラ・ターシン**　おおッ、タニア、今日はえらく集めてきたなあ。重かったじゃろう

150　ダッカのグルシャン地区に隣接する住宅地および商業地区。
151　イスラム教徒の女性が慣習的に着用している頭部を覆うもの。

タニア　ううん、ちーっとも。いちばんたくさんもらえる事務所がファームゲイトに見つかったから。それにそこは白い紙が多いんだ

アブデュラ　そりゃいい、この頃パルプの値が高騰して製紙業界が悲鳴を上げているんじゃや。おまけにドルが不足しての、パルプの輸入がますます難しくなっているそうじゃや。こんないい紙があるなら再生のしがいがあるわい。でないと粗悪再生紙になってしまう。教科書なんかでも年々、紙の質が落ちてきてるしの

タニア　今日は五キロはいくと思うけどどうかなあ……

アブデュラ　どうれ、量ってみよう……

アブデュラ、天秤ばかりで袋ごと鉤《かぎ》にひっかけて重量を量る。

アブデュラ　さあてと、おッ、八キロを超えてる。じゃ、九キロということにしておこうかの

**タニア**　ありがとう。いつもの通り、キロ三〇タカ？

**アブデュラ**　いや、今日は紙が良いから四〇タカじゃ。すると……

**タニア**　三六〇！

**アブデュラ**　お利口じゃね

**タニア**　うん、お金を貯めなくちゃいけないからね。いっぱい貯めてワンコたちのフードショップを開くの。ファームゲイトの駄菓子屋《ムディルドカン》のソニア婆さんがもう年だからお店を譲ってくれるって。それにこのジョティ、皮膚病を治療してもらわないと

**ジョティの右脇腹にある毛のはげた病変。引《ひ》っ掻《か》き傷がある。**

**アブデュラ**　そうか、タニアの大きな夢じゃな。ただ、ジョティの方は急を要するな

タニア　うん、痒《かゆ》いらしいんだ。毛が抜けちゃってる

✣　✣　✣

## 越境性動物感染症緊急センター・センター代表オフィス

マット、カラム・チョードリーと雑談している。
モニラ・ブイヤン、マットのデスクを拭いている。

マット　モニラ、昨日クズ紙をあげた女の子、今朝歩いて出勤する途中にバナニで見かけたよ。あのあたりに住んでるのかな

モニラ　そうみたいですよ。タニアっていう名の子でリキシャ引きのお父さんが事故で亡くなってそれまで住んでいたテジガオンの線路脇の小屋が市に撤去されてしまったんです。一時NGOの運営する寮に身を寄せていたらしいけど馴染めなかったようで

飛び出して公園で犬と一緒に暮らしてるようです

**マット** ファームゲイトのハキムみたいだね

**モニラ** ハキムとはお互い知り合いのようです。クズ紙集めを始めたのもハキムがペットボトルや空き缶集めをして生計を立てているのを見習ったようです。漫画の『トカイ』[152]の主人公が人気者になったせいで助けの手を差し伸べる人も多いんでしょう

**マット** ああ、あのメトロ食堂のシャミンさんのようにね。いままで顧みられなかったストリート・チルドレンがスポット・ライトを浴びてるってわけか。そのマンガ、見てみたいな

**カラム** 売れっ子漫画家のラフィクン・ナビのマンガで政府から権威あるエクシャイ・パ

---

152 漫画家ラフィクン・ナビ、通称ロノビが週刊誌『シャプタヒク・ビチトラ』誌に掲載した漫画の題名で、主人公の名前。

ダック賞[153]を授与された人です。主人公はいがぐり頭、上半身裸で裸足《はだし》、ひざ丈のルンギを穿《は》いていて、路上のゴミ拾いをしながら公園に放置された土管の中で暮らしているんです。そんな暮らしをしながらとても無邪気な顔と表情をしていつも遊び心のあるウィットに富んだ言葉で人々がそれと知らずに犯している罪や社会の非人間性に気づかせてくれます。そういうところが国民の心をわしづかみにするんでしょうね

### 同・オフィス（翌日）

タニアが廃棄された紙をもらって帰った後、マットとニティッシュ・ドブナッハがオフィスで話している。

マット　タニアにはなんとか力になってあげたいね。本来なら市当局が担当しなくてはい

けないゴミの収集とか廃棄物の処理を肩代わりしているのだからね。宿なし子という理由で教育や医療、福祉の恩恵をうける機会を奪われているのはSDGsの包摂《インクルージョン》[154]の目標からかけ離れるよ。家のない子供も社会の一員として参画できるきっかけとして銀行に口座を開けるようにできないかな。なければ、そんな銀行を作ればいいんだ。チッタゴンの大学教授だったムハマド・ユヌス[155]は、村で竹を仲買い人から借金して仕入れ竹椅子を作って暮らしている主婦たちを助けるためにグラミン銀行[156]を作った。高利のためにほとんど利益を上げられずに貧困の連鎖から抜け出せないでいたんだ。それまで普通の銀行は担保もなく読み書きもできない

153　一九五二年のベンガル語運動の殉教者を記念して創設された、バングラデシュで二番目に高い民間賞。文化省が管理している。

154　二〇一五年九月の国連サミットで全会一致で採択された一七の世界共通の目標である「持続可能な開発目標」は「誰一人取り残さない」という包摂性をキーワードにしている。

155　社会起業家、銀行家、経済学者、市民社会指導者であり、グラミン銀行を設立し、マイクロクレジットとマイクロファイナンスの概念を開拓した功績により、二〇〇六年にノーベル平和賞を受賞した。

156　一九七六年、チッタゴン大学のムハマド・ユヌス教授が、農村部の貧困層に銀行サービスを提供するための信用供与システムを設計する方法を研究するプロジェクトを立ち上げたことに端を発する銀行。

貧しい人には融資をすることはしなかった。それで、無担保で小額を融資する「マイクロクレジット」というシステムを作った。すると小額の資金をえた主婦たちは金を堅実に返済し稼いだ利益を家族の生活のために用いたことから生活の改善・貧困からの脱出につながった。そして、ムハマド・ユヌスは二〇〇六年にはノーベル平和賞を受賞したんだ

**ニティッシュ**　面白いアイデアですが子供が金を稼ぐということは児童労働であるとしてILO条約[157]で禁止されていませんか？

**マット**　強制されて働くのと自発的に働くのとはまったく別のことだよ

**ニティッシュ**　それはそうですね

**マット**　ところでタニアの連れていたワンコ、気立ての良さそうな犬だったけど、腰に皮膚病持ってたね。きっと疥癬《かいせん》[158]だよ。大村智《おおむら・さとし》先生が開発した抗フィラリア薬イベルメクチン[159]がとてもよく効くんだ。ルバイヤのところの獣医に頼んで治してもらお

う

157 就業の最低年齢を義務教育終了年齢と定め、いかなる場合も一五歳（ただし、開発途上国の場合は、さしあたり一四歳）を下回ってはならないものとすると定めている。

158 ヒゼンダニにより伝染する皮膚疾患。激しい痒み、脱毛や出血を伴う皮膚炎を起こす。

159 日本の土壌から北里研究所の大村智博士により単離された微生物から生まれたアベルメクチンのジヒドロ誘導体。

# 16　路上の感染爆発《パンデミック》

**登場人物**

マームー・ホセイン（32）中央家畜疾病検査所上席研究員

**あらすじ**

ダッカの街中ではびっしりと車がひしめき合って交通は渋滞している。しかしいったん郊外に出るとハイウェイでは無謀な運転をするものが多い。そのため事故は重篤になりがちである。用心が必要である。でないと感染症と同じく状況は悪くなる。

**ダッカ市内**

人と車とリキシャが道路を埋め尽くしている。

**バングラデシュ・ダッカ郊外・ハイウェイ（二〇XX年七月X日午前中）**

白い四輪駆動車・車内。

一直線のハイウェイを疾走している。

運転しているのはイスマイル・ラーマン。

助手席にはビダン・ホック。

後部座席右側にはマット・ヤマゲ。

後部座席左側にはマームー・ホセイン。

この日、ダッカから一〇〇キロメートル北にあるシラジガンジに高病原性鳥インフルエンザについての講演をしに向かっている。

マット、膝の上のPCから目を上げて左右を見回す。

**マット**　イスマイル、さっきまでの都心部の交通地獄と打って変わってこのあたりは車の行き来がほとんどないね

**イスマイル**　ええ、車、まったく見えないですね。ただ、都心部で車は渋滞のためほとんど

速度を出せないこともあって交通事故といっても死亡事故が少ないんです。だからなんでしょう、いったんこんな郊外に出ると反動でめちゃめちゃ暴走するドライバーが多いんですよ。まるで病気ですね

**マット**　小児的な万能感にとらわれるのだろうね

**イスマイル**　だから交通事故というと大事故につながることが多いんです。困ったもんですよ

**マット**　それにまるで海の上でひとり船に乗ってるみたいだね。見渡す限り風景が水没している。見えるのは煉瓦工場の煙突ばかりじゃないか！

**イスマイル**　このあたりは低地ですから先日のようなサイクロン[160]があると、どこもかしこもこのような冠水ですよ。おまけにブラマプートラ川[161]が氾濫したから本当に海みたいなものです。雨季が終わる一一月までこのままでしょう

**マームー・ホセイン**　その雨季のあいだ国が三分の一に縮んじゃうんです

**マット**　すると、この地域の住民はみんなどこへ避難できるんだろう？

**ビダン**　南部のベンガル湾に近い低海抜沿岸地域からの国内移民も含めて毎年五〇万人がダッカへ押し寄せてくる

**マット**　気候難民っていうのだよね。日本よりも多い人口が日本の国土の四分の一の面積にひしめき合っているってわけか……

**イスマイル**　そうそう

160　南太平洋やインド洋で発生する巨大で渦巻き状の熱帯暴風雨。北大西洋、北太平洋中部、北太平洋東部で発生するものはハリケーンと呼ばれ、北西太平洋で発生したものは台風と呼ばれる。

161　チベット、インド北東部、バングラデシュを流れる国境を越えた河川。

マット　それが、さらに三分の二が水没したら現在の一平方キロメートルに一〇〇〇人という世界一の人口密度がさらに三〇〇〇人になっているってことかい？　一時的なのだろうけど。日本の北海道に日本人の総人口が集められた上、さらに三分の一の面積に押し込めるってことか。想像もつかないねえ

✣　✣　✣

（三時間走ったところで）車の進行方向のはるか先から蛇行しながら向かってくる大型貨物トラック。
左右に車体を揺すりながら。
大型のトラックが反対車線からセンターラインを出たり入ったりしている。

マット　あれ何？

大型トラック、猛獣のように死に物狂いで向かってくる。

マット　なんだこれ

イスマイル、衝突を避けるためハンドルを必死で右に切り、反対車線を越えて路肩をはみだすとまた左に切る。

乗員全員、遠心力で体が左に右にと揺れる。

ビダン（文献を読んでいたが右隣の運転席のイスマイルの異常なハンドル捌《さば》きに驚きつつ尋ねる）どうした？

車が宙に浮く。

マット　大木にぶつかるぞ！

マット、ドライバーのうしろの右側座席で膝の上に置いて使っていたＰＣの両端を両手で力強く握る。

急旋回で傾く体を両足で踏ん張って体を支えながら、左横にいるマームーを見る。マームー、窓に頭をもたげていつの間にか熟睡している。

マット、マームーを叩き起こしてセーフティベルトを締めるよう言おうとしたとき、車体が大木をかすって水平に回転しながら高く宙に舞う。

凄まじい轟音《ごうおん》と振動を残して煤煙《ばいえん》を撒き散らしながらトラックが反対車線を後方へ疾風《しっぷう》のように去る。

マット　（一瞬の無重力状態を感じながら、次に来るであろうすごい衝撃を覚悟する。いや、ひょっとすると自分はもうすでに死んでいるのかもしれない、そして今はランドクルーザーで天国へ昇ってゆく途中なのかもしれないと考えつつ左側でまだ眠りこけているマームーを見て叫ぶ）来るぞ、気を付けろ！

マット、目を閉じたわずか一秒余りののち、左脇腹のセーフティベルトの下に鈍い衝撃とウェハースを踏みしだくような音が聞こえる。

マット　肋骨折れたかな？

続いて予想していたより遥かに軟らかな着地の感覚を覚える。

マット　みんな大丈夫か？

マームー、前と同じ姿勢でガラス窓に顔でもたれている。

マームーに。

マット　おい、生きてるか？

マームー、息はしているが気を失って口を開けている。

車体は道路の土手の鬱蒼《うっそう》とした灌木《かんぼく》の茂みにソフトランディングしている。

マット　ペチャンコにならずに済んだな

イスマイル、ビダン、マット、車から這い出る。

左後部ドアを開けて気絶しているマームーを三人で引き摺《ず》り出し地面に横たえる。

マット、マームーに呼びかける。

マット　マームー、大丈夫か！

マット、マームーの頬を平手打ちする。

後続の車から降りた人たちがわらわらと何人も集まってくる。

その中の誰かが川から帽子に汲《く》んできた水をマームーの顔にバシャリとかける。

マームー、意識を回復する。

マット　イスマイル、救急車を呼ぶか誰か病院まで運んでくれないか訊いてくれ

車で病院まで運んでくれるという人が現れる。

マット、ダッカの国連安全保安局（ＵＮＤＳＳ）[162]と国際連合食糧農業機関（ＦＡＯ）バングラデシュ事務所の代表のドミニク・ブルギニョン、畜産局のアシュラフ・アクターに携帯電話で事故を報告する。

マット、イスマイルに。

マット　車にはGPSがついてるから国連安全保安局（UNDSS）が警察を呼んでくれるようだ

マット、イスマイルに。

マット　ここに残って警察を待ってくれ

イスマイルを残してマット、ビダン、マームー、車に乗る。

✣　✣　✣

162　国際連合安全保安局。国連安全管理システムの一環として、国連機関や部局に安全保障サービスを提供する国連の部局。

病院へ向かう車中。

マットが、ビダンに、

**マット**　あと少しで水面に突入するところだったな。してたら今頃皆溺死《できし》してたよ

✣　✣　✣

**最寄りの病院（三十分後）**

病院に着くと、目的地だった地区の家畜保健所から局長の指示で何人もの獣医師たちが駆けつけてくれている。

講演予定だった会場からやってきた者もいる。

✣　✣　✣

ビダン　マームーには骨折などの重篤な怪我は見られないそうです。しかし鞭打《むちう》ちのため頸椎カラーを装着し二週間ほどの安静が必要のようです。衝撃で座席から浮き上がり天井で頭を打ち付けたのだと言っています

マット　よかったなあ。頸椎を骨折しなかったのは不幸中のさいわいと思わないとね。セーフティベルトを締めてなかったのだから

イスマイルからスマホに連絡が入る。

イスマイル　（スマホで）車はボコボコになって惨めな状態ですが、エンジンもかかり何とか動くようだからダッカには運転して帰れそうです。警察には保険のための調書を頼みました

✣

✣

✣

## 越境性動物感染症緊急センター・センター代表オフィス（翌朝）

ビダン、イスマイル、マットが話している。

カラム、ニティシュ、バキも入室。

マット　ビダン、体何ともないかい？

ビダン　何ともありません。マットはどうです？

マット　特にどこもおかしいところはないけれど左脇腹に紫色のあざができてたよ。昨日ベルトに着けていたデジタルカメラがセーフティ・ベルトにかかった衝撃で脇腹におしつけられたんだ。カメラの四角形の形の跡がついていたよ。思ってた以上の圧力がかかったんだね。液晶画面が割れていたから。まあ、ぼくの身代わりになって割

れてくれたと思えば、惜しいどころか感謝したいけどね

**ビダン**　それはよかった。マームーは体の節々に痛みが残ってしばらく自宅療養する気らしいです

**マット**　後遺症が出なければいいのだが

**ビダン**　そう願いたいですね

**マット**　イスマイル、車の方はどうだい？　直りそうかい？

**イスマイル**　整備士《メカニック》は問題ないって言ってました。板金の腕がいいからボディの凹みも跡形もなく直してくれるようです

**マット**　前の事故の時も素晴らしい仕事だったもんね

**イスマイル**　慣れてますからね。事故が多いですから

**マット**　調べてみたらバングラデシュは交通事故が多いね、致死的《フェイタル》なのが。少なくとも日本より多い

**ニティッシュ**　多いことは多いでしょうが、すべてが記録されているかが問題です

**マット**　そんな気がするね。交通事故の記録が公表されているけど、民間の四つのソースがあり、それぞれ少しばらつきがある

**カラム**　公的な機関から一元化されたデータが出てないからなんでしょうね

**マット**　世界保健機関が推計しているデータでは日本は人口一〇万人あたりの交通事故死が二・五人、人口が約一億二五一〇万（二〇二二年）人だから全国で三一二七人となり、実際の三二〇五人とほぼ等しい。ところがバングラデシュは人口一〇万人あたり交通事故死が一五・三人で、全国での死亡者数が二万五〇二三人となっており、

実際の数とされる四〇〇〇〜八〇〇〇人の三〜六倍と乖離《かいり》が大きいんだよ。あまり注意を払われていないということかな。路上は用心しないとな

# 17　灯油《ケロシン》ランプ[163]からソーラー・ランタン[164]へ

あらすじ

世界銀行によると二〇一一年におけるバングラデシュの一億六〇〇〇万人の人口の約四〇パーセントが送電網に接続されていなかった。電化率が五九・六〇パーセント[165]ということがソーラー・ランタンの急速な普及の追い風になった。また従来の灯油ランプをやめることから化石燃料の使用を減少することができ炭素排出削減効果も期待できる。

## ダッカ

マット・ヤマゲが歩道を歩いている。

繁華街。

炎天下。

灼熱の猛暑のなか凸凹に舗装された道路から陽炎《かげろう》が昇っている。

道端でレモンや回転ローラー[166]で絞ったサトウキビジュースが売られている。

手押し車に山盛りにした巨大なスイカやライチなどの果物に果物商が定期的に水をかけている。

道路脇の木陰で野良犬たちが寝そべっている。

車道には自動車、リキシャ、オートリキシャ、乗降口から乗客がはみ出した過積載のバス、トラックが渋滞している。

---

163　灯油を燃料とする照明器具の一種。灯油ランプは、ガラス製の煙突やランプのかさ《グローブ》で保護された芯やマントルを光源としており、テーブルの上に置いて使うこともあれば、携帯用のランタンを使うこともある。

164　LEDランプ、ソーラー・パネル、バッテリー、チャージ・コントローラーで構成される照明システム。ランプは、ソーラーパネル(太陽光発電パネル)を使って充電されたバッテリーからの電気で作動する。

165　参照https://www.macrotrends.net/global-metrics/countries/BGD/electricity-access-statistics.

166　サトウキビをステンレスのローラーで粉砕し、搾り汁を抽出する機械装置。サトウキビの絞りかすは紙や衣料品の原料、ボイラー燃料、建築資材、家畜飼料などに使われる。

（一時間後）

マット・ヤマゲ、事務所近くの大衆食堂での昼食からオフィスへ戻る。

## 越境性動物感染症緊急センター・センター代表オフィス

カラム・チョードリーとニティッシュ・ドブナッハが入室する。

**マット**　ヒュー、なんて暑さだい。この猛暑は尋常じゃないね。アスファルトの上を素足で歩いたら火傷《やけど》するぞ、きっと。犬たちの肉球は大丈夫かな。南アジアだけじゃなく、ヨーロッパもアメリカも同じらしいぜ

**カラム・チョードリー**　昨日ダッカは四〇度を超えました。バングラデシュでは過去五八年間で最も暑い日です。環境・森林・気候変動省が言っています

**マット**　バングラデシュは気候変動の最前線だな。この暑さで電力需要が急増しているとこ

ろに世界の原油価格が高騰してしまった。バングラデシュのような国にはたいへんな試練だな。外貨準備高が潤沢じゃないから。既製服産業《アパレル》が輸出収益の八割を占めていても追いつかない

**カラム**　停電が頻繁に起こってますものね。石炭や石油の調達が難しいのです。天然ガスも底をつき始めているし

**マット**　僕のアパートも時々停電《ブラックアウト》が起こる。さいわい停電と同時にただちに発電機が作動してくれているのでエアコンは使えているけどね……

**カラム**　バックアップシステムがないところが問題なんですよ。そんなところは遠隔地や農村、それにダッカにもあって、何千万世帯が影響を受けています。もともと、農村部では四割の世帯は送電網につながっていないですけどね

**マット**　電気なしでどうやって生活してるんだい？

カラム　灯油《ケロシン》ランプを灯りにしています

マット　ああ、あのキャンプで使うカンテラだね。キャンドルは使わないの?

カラム　キャンドルは高いんです。デパートなんかでは停電時に使っていますけどパラフィンは灯油《ケロシン》の一〇倍します。贅沢品なんですね。ただ灯油《ケロシン》は煤《スス》や黒煙が出るのが問題ですし火傷や火災のリスクもあります。それに今時のように猛暑の時に火を焚くのはねえ

マット　そりゃそうだ。電気のないところなら太陽光発電《ソーラーパワー》が役立つんじゃない? 日本では電力会社が一〇社独占的に発電と配電事業をやっているので、価格を吊り上げているのを嫌って独立に送電網《グリッド》を作っている人たちがいる

✣

✣

✣

## 同・オフィス（半年後）

マット　すごい逆転の発想だね。バングラデシュのように広大な未開拓な領域があったからこそスムーズにことが進んだといえるかもね。二〇〇三年に五万世帯で始めていたソーラー・ホーム・システムが四一三万世帯にまで普及したのだからね

カラム　ソーラー・ランタンは持ち運びが容易で、パソコンサイズの太陽光パネルとセットになっていて数か月分の灯油代で買うことができます。これだと夜間に吊りトイレ《ハンギング・ラトリン》[167]に行くのに闇の中を手探りで行く必要もなくなります

マット　あの、湖や川に組まれた水上吊り下げ式のトイレ？

カラム　それにちょっと規模を大きくすれば売電もできる

167　スラムに隣接した湖水の上に建てられたやぐらの上部構造と床で構成されているトイレ。

マット　日本にはすでに国の津々浦々にまで電柱が建てられ配電網が張り巡らされている。それが地域ごとの大電力会社に寡占されているんだ。小規模な発電を独立に始めても別の家や消費者とをつなぐ送配電網《グリッド》がないから余分に作ってしまった電気を欲しい人に回せられない。既存の系統に接続することに障壁があるんだ。たくさん電力を作ると「出力制御《アウトプット・コントロール》」で電力生産を制限される。これって大手電力会社の利益を守ろうとするエゴと言われても仕方ないね。石油輸出国機構《オペック》[168]が産油国側の利益保護のために協調減産をして原油価格を高く保とうとする姿に似ているよ

カラム　自分の家で消費する以上の電気を作ってしまった場合、その電気を必要とする人に届ければその分の電気料金が翌月に繰り越されて戻ってくるネット・メータリング・システム[169]という制度もあります

ニティッシュ　今まで灯油《ケロシン》ランプを使っていた家では月に平均二・五リットル消費していましたから、ソーラー・ランタンを導入することで年間三〇リットルが節約できます。灯油《ケロシン》を一キログラム燃焼すると二・四九キログラムの炭素が排出されるから四一三万世帯からなら……

ニティッシュ、スマホのカリキュレーターを使いながら、

**ニティッシュ**　ソーラー・ランタンに切り替えれば年間約三〇万トンの炭素削減効果があるということです。間違ってない？

**ニティッシュ**　クリーン開発メカニズムに登録されているのでこの削減量をバングラデシュのクレジットとして認定してもらえる[170]ことになります

**マット**　それ、すごくクールだね！　早速、世銀に尋ねて見ようや

---

168　一九六〇年八月に原油価格を下げようとする国際石油資本《メジャー》に対して共同行動を取るためにイラン、イラク、クウェート、サウジアラビア、ベネズエラの五か国が設立した組織。

169　住宅用などの分散型太陽光発電システムの発電量から、住宅などの電力消費量を差し引いて、余剰電力量を次の月に繰り越す制度。全米五〇州のうち、四三州とワシントンD．C．が導入している。

170　参照「バングラデシュが炭素クレジットで一七〇〇万ドルを獲得、氷山の一角に過ぎない」（ビジネス・スタンダード紙、二〇二三年四月八日）

## 18　もっと持続可能《サステナブル》な

あらすじ

大都市における樹木は快適さの持続可能性にとって大切である。日本では普及率の高いエアコンは利用者本人にとっては快適さをもたらすものであっても外気温を押し上げ、フロンの漏《も》れによりオゾン層を破壊し太陽からの有害な紫外線を増加させ環境を悪化させる。代替フロンは二酸化炭素よりはるかに大きな温暖化作用をもつ。したがって、近視眼的な利益のために樹木を伐採することは控え、天然のエアコンとして活用したほうが良い。

**ダッカ・市街地**

繁華街の大通りから一歩奥に入った迷路のような路地。
線路に並べられたジャガイモや魚。

モハカリ地区[171]からテジガオン駅[172]までの線路の両側に広がるスラム街《ボスティ》のトタン屋根の掘っ立て小屋。

入り口からテレビが点いているのが見える。

手で泥を捏《こ》ねて作ったらしい土かまどで女がアルミ製の鍋《パティル》を用いて朝餉《あさげ》の支度をしている。

枕木に腰掛けて少女が髪を梳《す》いている。

裸の子供が裸足であちらこちらに駆けずり回っている。

山羊やニワトリが地面に落ちている餌を漁っている。

国会議事堂や首相官邸に近い事務所のあるファームゲイトに近づくと街路樹で油蝉《アブラゼミ》が耳を聾《ろう》するほどに威勢よく鳴いている。

よく見ると街路樹の幹に白いテープが巻きつけてあるものがある。

171　ダッカ市の一地区。北はバナニ、南はテジガオン工業地帯、東はグルシャン、スラムの西側にはバングラデシュ陸軍と空軍の司令部であるダッカ・カントンメントなどがある。

172　ダッカの主要鉄道駅のひとつ。電車の線路に沿ってスラム街がある。

## 越境性動物感染症緊急センター・センター代表オフィス

マット・ヤマゲ、空調機《エアコン》と天井扇風機《シーリングファン》から吹き付けてくる涼気に汗みずくになった体をさらしながらバッグから着替えを出して身につける。

バキ・チャンドラがガラス扉の透明部分から覗《のぞ》いている。

バキ、ドアの隙間から、

バキ　入っていいですか？

マット　いいよ。心配いらない。裸じゃないからね

バキ　朝の運動、いいですね

マット　朝、陽の高く昇った炎天下のなか六キロの道のりを歩いて来ると街路樹のありがたみがわかるよ。そんな大切な木を伐採するなんていったいダッカ南市庁《サウス・シティ・コーポレーション》は何を考えてるんやら……

言い終わらないうちにカラム・チョードリーが入室。

**カラム**　昨日のダンモンディですね。街路樹伐採反対集会《ラリー》がありましたね

**マット**　人形劇《パペット・テアター》までやったって？

**カラム**　以前は人間の鎖《ヒューマンチェーン》で南市庁に抗議したのに深夜に六〇本以上伐採されてしまいましたからね

**マット**　環境ガバナンスがなってないね

**ニティッシュ**　そうです、街路樹は日陰を作るだけじゃなくて二酸化炭素を吸ってくれるし、酸素を供給し蒸散により気温を下げる大切な光合成という役割があるんですよ。一〇メートルの木だと枝葉の気孔から一九〇リットルの水を蒸発させ大気中の温度を低下させる最も持続可能《サステナブル》な天然のエアコンと言っていい

マット　このオフィスのエアコンは沸点の低いフロン[173]を気化させて室温を下げ、熱気を屋外に排出している。結果、室内の温度を下げる反面、外気の温度を上昇させているんだ。バングラデシュではエアコンの普及率は一パーセント程度だから影響は今のところ小さい。日本では九〇パーセントだからね。室温を下げるための道具で外気温を上昇させている。しかもエアコンから年間数パーセントずつ漏れるフロンは高度四〇キロメートルの成層圏[174]のオゾン層[175]に達し紫外線を受けて分解し塩素原子を発生し、触媒としてオゾンを大量に分解しオゾンホールを作る。冷蔵庫もカーエアコンからも漏れたフロンは同じだ。ただし塩素を含まない代替フロンはオゾン層破壊作用がない。その代わり、二酸化炭素を遥かに上回る赤外線吸収作用があり地球に熱気を留める温室効果作用《グリーンハウス・エフェクト》がある

ニティッシュ　それでいて水やアンモニアのような自然冷媒以外にオゾン層にも悪影響を及ぼさず、温室効果もない理想的な冷媒をわたしたちは残念ながらまだ手に入れていないっ！

マット　日本で伝統的に家の前の通りに打ち水をして気化熱で地面の温度を下げてきた習慣

があるのは間違ってないね

**ニティッシュ**　水域と太陽光には恵まれているバングラデシュがそれらを活用しないのはおかしい

**マット**　その通り。開発という名のもとに街路樹や公園の樹木を無思慮で無差別に伐採するのには僕も反対したいね。特にダッカのようなメガシティなのに緑地が極端に少ないところではね

173　一八九〇年代にフレデリック・スワーツにより合成されたＣＦ《クロロフルオロ》Ｃ《カーボン》は一九三〇年にトマス・ミジリーにより冷蔵庫や空調《エアコン》の冷媒として使えることが発見され「フロン」と名づけられた。

174　地球を取り囲む大気を構成する四つの層の第二層。対流圏の上、中間圏の下に位置する。

175　上空のオゾン量のほとんど(約九〇パーセント)は成層圏に存在する。オゾン層は、太陽の中周波紫外線(波長約二〇〇ナノメートル〜三一五ナノメートル)の九七〜九九パーセントを吸収する。

ニティッシュ　ダッカの樹冠被覆率[176]は七・〇九パーセントですよ。UNEP[177]は都市の総面積のうち二五パーセントの緑地面積[178]を確保することを推奨しています。しかもダッカの市街地の人口密度は世界一の三万～四万人ですよ、一平方キロメートルで

マット　東京の二三区の倍だね、約一万五〇〇〇人だから

バキ　ダッカの人口はこの二〇年で二倍以上に増加しています。南部の沿岸地方からの大量の人口流入があります。「気候難民」という言葉まで使われています

マット　デンマークのコペンハーゲンで検討されている公園や歩道に果樹を植えて誰もが果樹をとって食べられるインタラクティブな都市果樹園構想がここにもあっても良い。マンゴーとかライチとかね

ニティッシュ、バキ、カラム　（バングラデシュでは満腔の賛同を意味するジェスチャーとして首を軽く右に傾《かし》げる）

176 「バングラデシュ、ダッカ市における都市緑地の現状と歴史的変化：リモートセンシングによるアプローチ」『エンバイロメンタル・チャッレンジ』誌（二〇二〇年一月）

177 国連環境計画。一九七二年六月にストックホルムで開催された国連人間環境会議の後、設立された。

178 欧州経済地域（ＥＥＡ）－三八の首都（リヒテンシュタインを除く）の面積に占める、グリーンインフラ、都市緑地、都市樹木の総面積の割合（二〇二一）

# 19 煉瓦《れんが》と喘息

登場人物

アラムギル（10）煉瓦窯《ブリック・キルン》で働いている少年

スティーブン・ルビー（53）スタンフォード大学教授。

あらすじ

ダッカの街中に靄《もや》が垂れ込めている。喉がいがらっぽくなるし鼻の穴まで真っ黒になる。マット、咳が止まらないので病院へゆくとアレルギー性の喘息と診断される。ダニに対するアレルギーで煤煙は増悪因子なのだった。ダッカはインドのデリーやニューデリー、パキスタンのラホーレなどと並んで名だたるＰＭ２・５の汚染都市だ。その主な排出源は煉瓦窯《ブリック・キルン》だ。ダッカの周辺には一二〇〇以上が操業している。建設ブームで煉瓦の需要は続いている。政府は学校や病院・住宅地の近くでの操業を禁止しているが既存の規制は不完全であることがルビーらの行なった衛星による監視の研究で明らかになった。大気汚染や自然災害を経験してきた日本はその知識と経験で貢献できる。

## バリダラ[179]・グルシャン湖沿い（十二月、早朝）

遊歩道を歩くマット・ヤマゲ。
湖面からまだ薄暗いなか靄《もや》が湯気のように立ち上っている。

## 越境性動物感染症緊急センター代表オフィス

バキ・チャンドラと雑談しているマット。

**マット**　今朝グルシャン湖は靄がみごとだった。水面から湯気が上ってたよ。まるで日本の湯けむり煙る温泉にでもきているような朝靄だ。気仙沼では気嵐《けあらし》って言うけどね。結露点以下に気温が下がったのだろうな

179　グルシャン湖を挟んでグルシャンの東、北東に位置する。主に南西部に外交官エリアがある。

バキ　気温が十二度を下がってたんでしょう。この頃にはよく起こる自然現象ですよ

マット　向こう岸は見えず二〇メートル先でさえかろうじて見えるほどで幻想的だった

バキ　今朝わたしはマットにならって家から自転車で来ましたよ。空気は悪かったけどいい運動にはなりました

マット　ひどい交通渋滞《トラフィック・ジャム》だから自転車の方が車よりずっと速かっただろう。車はダッカ市内では平均時速四・五キロだからね、徒歩とあまり変わりない。僕、今日も歩いてきたんだよ。六キロだから一時間ちょっとだけど……でも、マスク着用は欠かせないね、ぜったいに

バキ　こう煤煙が酷《ひど》くてはね

マット　水辺の朝靄《あさもや》と違って街なかはＰＭ10やＰＭ２・５がすごいからね。マスクなしで外を歩くと鼻くそ《ブーガー》が覿面《てきめん》に真っ黒けになっちゃうし。それにすぐ喉が痛くなる。先

週、咳が止まらなくてあまりにひどいので医者にかかったらアレルギー性の喘息だと診断された。ダッカで行われたプリックテスト[180]を用いた研究によると喘息患者の八割近くがコナヒョウヒダニ[181]やヤケヒョウヒダニ[182]というチリダニ[183]に感作《かんさ》されているらしい。たしかにアパートのエアコンを掃除したら咳と鼻詰まりが治ったからね。日本や他の国でも室内塵《ハウスダスト》に紛れてソファやベッドのなかで人間の垢やフケなどの有機物を餌にして生息しているダニなんだ。その上でダッカのような凄まじいＰＭ２・５に曝されると症状が増悪するんだな

**バキ**　煉瓦窯《ブリック・キルン》からの煤煙《ばいえん》ですね。ダッカの周辺には一〇〇〇もの煉瓦窯がありますから

180　皮膚プリックテストは穿刺テストまたはスクラッチテストとも呼ばれ、一度に五〇種類もの物質に対する即時型アレルギー反応を調べるのに用いられる診断法。

181　ヒョウヒダニ科のダニ。学名デルマトファゴイデス・ファリナーエ。

182　コナヒョウヒダニと並んで免疫グロブリンE関与の即時型・アナフィラキシー型アレルギーを起こす代表的なヒョウヒダニ。学名デルマトファゴイデス・プテロニッシナス。

183　チリダニ科に属する小さなダニの総称。

ね

**マット** それだけ煉瓦の需要があるってことだろう。正確には一二〇〇以上あるらしい。それがわかったのもつい最近のことだ。スタンフォード大学のスティーブン・ルビーらが衛星画像から推定したんだ。欧州宇宙機関がロシアの宇宙船ソユーズで南米のフランス領ギアナから打ち上げた宇宙衛星センチネル一号の地表観測データだ

**ニティッシュ** 『米国科学アカデミー紀要（ＰＮＡＳ）』誌に発表した論文[184]ですね。宇宙から得られた地表観測データを基にバングラデシュの煉瓦窯《ブリック・キルン》を識別するアルゴリズムを開発した。解像度は五メートルで窯の形も識別できるっていう

**マット** ダッカはＰＭ２・５による汚染都市としては何年にもわたって世界一を続けてきている。中国でも汚染では悪名を轟かせていたが二〇一四年に「公害との戦い」を宣言して以来石炭火力発電の禁止や自動車の使用制限、取締りの強化を徹底して成果を出し始めている。残るはダッカのほかインドのデリーやニューデリー、パキスタンのラホーレなど南アジアの都市がほとんどだ。いずれも人口が一〇〇〇万を超え

るメガシティーだ。欧米にはこんな大きな街はほとんどないからね。ロンドンでさえ八九〇万、ニューヨークは八五〇万、パリは二二〇万だ。地球レベルでの影響は大きいはずだよ

**カラム・チョードリーとニティッシュ・ドブナッハも入室。**

**カラム**　ダッカもニューデリーもデリーも二〇〇〇万を超えていますよ

**マット**　そうだったね

**ニティッシュ**　バングラデシュの場合、インフラブームに乗って煉瓦の需要が高止まりしているから燃焼効率が悪くて煤煙や煤をたくさん排出する旧式な固定型煙突窯を禁止しようとして認可をきびしくしても一向に減らない。それどころかバングラデシュ

184　「スケーラブルなディープラーニングでレンガ窯を特定し、規制能力を支援する」『米国科学アカデミー紀要』誌(二〇二一年四月二二日)

の煉瓦窯《ブリック・キルン》のうち六割近くが違法に操業していることが昨日の国会質問で環境・森林・気候変動大臣の答弁から明らかにされています。つまり半分以上が環境クリアランスなしで操業しているんです

**マット**　一度、見学に行ってみたいな。ダレシュワリ川[185]の河川敷にあるサバールの煉瓦窯《ブリック・キルン》のひとつに。一七キロの距離だよ。明日どうかい？

✣　✣　✣

## ダッカ・サバール地区（翌日）

煉瓦窯《ブリック・キルン》。
煙突から黒い煙が立ち上る煉瓦窯《ブリック・キルン》。
煉瓦作りの季節労働者が泥を木枠に流し込んでいる。
子供が生レンガを並べて乾かしている。

アラムギル、日本人であるマットに興味を示す。

**アラムギル**　ハロー

マット、話しかける。

**マット**　上手にこしらえるね

アラムギル、ちょっと自慢げに。

**アラムギル**　今日はもう八〇〇作っちゃった

**マット**　すごいね。楽しい？

185　ダレシュワリ川は、バングラデシュ中部にあるジャムナ川の支流で、全長一六〇キロメートル。バングラデシュ中央部、タンガイル県《ディストリクト》の北西端付近でジャムナ川から分岐している。

**アラムギル**　楽しいってものじゃないけどお金のためだから……

**マット**　お父ちゃんはいるの？

**アラムギルの見る方角で男が頭に煉瓦を一〇個載せて運んでいる。**

**アラムギル**　漁師してたんだけど姉ちゃんの結婚式のために借りたお金を漁師をしてては返せないから働きに来たんだ。ここなら一シーズン働けば返せるからって

**マット**　学校へは通えないの？

**アラムギル**　ボーラ[186]で三年まで通ったよ。また帰ったら通うんだ

**マット**　今はここに住んでるんだ？

**近くにいくつもの小屋がある。**

煙突の風下で靡《なび》いている黒い煙に覆われている。

**アラムギル**　ちょっと煙たいけど、屋根があるからいいんだ

**マット**　英語がうまいね

**アラムギル**　字だって読めるし書けるんだ。父ちゃんは新聞読めないけど

**マット**　早くボーラに帰ればいいね

✣

✣

✣

**マット**　ここはなんの仕切りも塀もない工場だね。ただの氾濫原に窯《かま》がある。土はどこを

186　バングラデシュ中南部・ボーラ県《ディストリクト》にある島の名。

掘ってもいいみたいだし

**バキ**　ヒマラヤからガンジスを通って流されてくる沈泥《シルト》[187]や粘土です。雨季になると水没するところなので低い賃貸料で借りられるんです。乾季だけでも作物を育てればよく育つ肥沃な土地なんですがね

**マット**　岩や砂利といった骨材がないから唯一の建築資材としての煉瓦を安い労働力で石炭を輸入して大量に生産している。それをそのまま積み上げて高層建築にしている。持続可能な方向じゃないな。形ばかりの鉄棒を入れたコンクリートで床と柱は作るが、鋼《スチール》の柱や梁などの骨組みである鉄骨は使われないことが多い。その結果、二〇一三年、振動でたやすく倒壊したこの近くのラナプラザ[188]のような脆弱な高層ビルができるのだ。日本人だから言うのじゃないが、日本は伝統的に地震には悩まされてきた国であるから耐震については比較的意識も高いし経験を積んできている。真の国際貢献をしたいのならこのような日本の強みを生かした分野がいい。日本にとっても相手にとってもためになる。そうすれば世界も良くなる三方良しだ。煉瓦だけの家は地震が起こったらひとたまりもないよ。日本への期待は大きいのじゃな

いかって伝えておくよ

187　土壌をサイズにより分類すると二〜七五ミリメートルの礫《れき》、〇・〇七五〜二ミリメートルの砂、〇・〇〇五〜〇・〇七五ミリメートルの沈泥《シルト》、〇・〇〇五ミリメートル以下の粘土がある。沈泥《シルト》は砂よりも細かく、粘土よりも粗い。

188　二〇一二年四月二四日、ダッカの北西部のサバールで突如崩壊した商業ビル。死者は一一三四人。負傷者は二五〇〇人以上。

# 20　世界の風

登場人物

エリ・ワタナベ（31）在バングラデシュ国連常駐調整官補佐
アンブロース・グプタ（50）シティ・コロニー・スクール校長
ミドリ・ゴトウ（41）ヴァイオリニスト
サミカ・ホンダ（28）ヴァイオリニスト
ウィリアム・フランプトン（33）ヴィオラ奏者
ヒロ・マツオ（24）チェロ奏者

あらすじ

スラム街に隣接した墓地の中の公有地に建てられた小学校にミドリさんの率《ひき》いるカルテットがやってくる。そこは日本のクリスチャン教育基金も支援しているＢＤＰというＮＧＯが運営している、就学前の子供もいる昔の日本の寺子屋のような小さな学校だ。一週間の滞在期間のあいだに各地で一四回の演奏会をするという。司会役の依頼があったのでクラシック好きのマット・ヤマゲは躊躇《ためら》わず快諾した。トタン張りの校舎の前の小さな運動場での青空コンサート。ストラヴィンスキー、ラヴェル、ハイドン、リストそして子供たちが歌えるベンガルの曲が演奏された。演奏の合い間には四人の奏者たちがそれぞれの楽器を興味しんしんの子供らに触らせ説明をした。西洋のクラシック楽器の音色を聴くのも直《じか》に触れるのも初めてであったに違いない。それにロシア、フランス、オーストリア、ハンガリー生まれの作曲家たちの作品をアメリカや日本生まれのアーティストが生《なま》で演奏するのを聴くことも。

## ダッカ・市街地

ダッカ市ミルプール地区[189]のＢＤＰシティ・コロニー・スクール。[190]

189　ダッカ市の北西端にある地区。
190　一九九九年七月からバングラデシュで活動しているＮＧＯ。小学校を建設し、子供たちが完全に無料で教育を受ける機会をつくっている。

## 越境性動物感染症緊急センター・センター代表オフィス

スマホを片手に喋っているマット。

**マット**　（スマホに）一緒に出させてくれと言われてもねえ、もう決まっちゃってるんですよ。僕もどこかまだ空席があったら司会させてもらいたいと伝えていたらこの小学校だけが残ってたんですよ。あのミドリさん[191]ですからね。うちの代表がローマの本部に部長として栄転して国の代表がいなかったので代行の僕に運よくお鉢が回ってきたんですよ

**エリ・ワタナベ**　（スマホで声だけ）そこをなんとか……、ほら、アカデミー賞の授賞式なんかで男女がコンビで司会をやるっていうのよくあるじゃないですか。日本の紅白だって男女ペアだし

**マット**　（スマホに）この依頼はあなたの国連常駐調整官事務所からなのですよ。国連が主催というんで。各国際機関の代表のところへ通知が回《まわ》ったんですよ。すごい人気で

一四回の公演のほとんどで司会者がすぐに決まっちゃいましたよ。潘基文《パン・ギムン》[192]事務総長が任命した国連平和大使《ピース・メッセンジャー》[193]ですからね。チンパンジーの観察をして環境問題に貢献した動物行動学者のジェーン・グドールさん[194]とかチェロ奏者で貧困・飢餓対策、HIV／エイズ蔓延の阻止や環境保護の支持などの社会的課題に取り組んでいるヨーヨー・マさん[195]、シンガーソングライターで人道問題に対して深い関心を寄せるスティービー・ワンダーさん[196]、核拡散や武器の国際取引の停止や軍縮問題に熱心な俳優マイケル・ダグラスさん[197]らです。自国パキスタンで女児の教育を

191　五嶋みどり。二〇〇七年九月潘基文国連事務総長により国連平和大使に任命される。
192　二〇〇七年一月一日より九年間、第八代国連事務総長職を務める。
193　国際連合平和大使は「ピース・メッセンジャー」プログラムが一九九七年に設けられて以来歴代事務総長によって任命されている。芸術、文学、科学、エンターテインメント、スポーツなどの分野から厳選された著名人であり、国際連合の活動に世界的な注目を集める役割を持つ。
194　二〇〇二年四月、第七代国連事務総長コフィー・A・アナンにより国連平和大使に任命される。
195　二〇〇六年一月、当時のコフィー・アナン国連事務総長によって平和大使に任命される。
196　二〇〇九年一二月、潘基文国連事務総長に国連平和大使に任命される。
197　一九九八年国連平和大使に任命される。

求めるマララ・ユスフザイさん[198]も。合計一〇人前後です。日本人選出はミドリさんが初めてです

◆ ◆ ◆

## ダッカ市ミルプール地区（二〇一二年一月二三日）

ＢＤＰシティ・コロニー・スクール。

墓地に隣接する学校。

一部錆びたトタン張り平屋の校舎。

広場は開演までまだ間があるのに中心を囲んで地面に尻を着けて膝を立てて揃え、両脚を両腕で抱えて開演を待ち構えている生徒たち。

色とりどりの服装。

外国からの訪問客に興奮気味に喋りあっている子供たち。

子供たちの背後では父兄や職員らが見守っている。

青空のもとのコンサート。
到着したマットとエリが現れるとざわつく。
校長であるアンブロース・グプタが笑みを浮かべて歩み寄る。

✣　✣　✣

**アンブロース**　ようこそいらっしゃいました！　校長のアンブロースです
**マット**　遅れちゃって……僕たち今日の主役じゃないです。ダッカ在住で今日のお手伝いです。ＦＡＯのマットと申します
**エ　リ**　エリと言います。よろしくお願いします

198　二〇一七年四月、国連平和大使に任命される。二〇一四年にはノーベル平和賞を受賞。

アンブロース　こちらこそ！　ミドリさんたちすでにお着きです

✣　✣　✣

ミュージシャンたち校舎から子供たちの間を縫って広場の中心へ歩み出る。

マット　（ミュージシャンたちに向けて）ようこそバングラデシュへ。昨日日本からダッカに到着され、そうそうにバングラデシュの子供たちに演奏を聴かせていただけるのをとても嬉しく思います。（聴衆に向けて）みなさん、世界の一流のミュージシャンたちの演奏をお聴きください。ミドリさんは日本人ですが世界が認めているヴァイオリニストです。サミカさんもパリを拠点にして世界で演奏活動をされている新進ヴァイオリニストです。ビルさんはニュージャージーを拠点に世界中で演奏をされているヴィオラ奏者、ヒロさんはシンシナティを足場に世界を回っておられるチェロ奏者です。わたしはクラシック音楽家に友人が多いのでこの年末のシーズンが一年でどれだけ忙しいかってことを知っています。世界中で引っ張りだこと言っていいでしょう。そんななか一週間でバングラデシュの一四ヶ所で演奏をしていただけるってものすごい贅沢なプレゼントです。お楽しみください

ストラヴィンスキーの『三つの小品《スリー・ピーシーズ》』、ハイドンの『弦楽四重奏曲作品七六ー六』、ラヴェルの『弦楽四重奏曲《カルテット》』そしてベンガル語の曲が演奏された。それぞれの曲の演奏の後、ミュージシャンから楽器の説明があった。演奏の終わった後、子供たちから熱い拍手があった。

帰りの車中にマットとエリ。

マット　子供たち興味しんしんだったね。多分、ヴァイオリンやチェロ、ヴィオラの音を生《なま》で聴いたの、初めてだったんじゃないかな？　今夜はグルシャン[199]のエドワード・M・ケネディ・センター[200]の一般向けコンサートには一般客として聴きに行くんだ。楽しみだよ

エリ　午後は近くのSOSチルドレンズ・ヴィレッジ[201]でも公演があります

マット　過密《タイト》なスケジュールだね。明日からバングラデシュ国内を巡回するそうだけれど、この国の交通事情を知っている者には驚きだよ

エリ　今日、第一回目の公演だった学校の校舎は外観こそみすぼらしい《シャビー》ものだったけど子供たちの表情は底抜けに明るかったですね

マット　そうそう、小さい女の子が公演の後、僕の手を引いて隣の「わたしの家《おうち》」を見にきてくれと言って土間にベッドだけのあるちっちゃい家に誇らしげに連れて行ってくれたよ。学校に隣接している墓地の横の家で両親が中にいて歓迎してくれた。

「孟母三遷《もうぼさんせん》」[202]って故事があるけど、子供の教育のことを思ってのことなのだろうね

**エリ**　こんな学校がたくさんできているみたいですね

**マット**　タゴール[203]の詩を基《もと》にした音楽や舞踏を教えるチャヤノート音楽学校[204]までね。今日の学校は教育費を出せない貧しい家庭の子供たちのために完全に無料で教育をし

---

199　ダッカの豊かな商業・住宅地区。もともとは外交使節団や大使館があった。グルシャン湖の西側。

200　米国とバングラデシュの公的、文化的、外交的交流を記念して超党派のプラットフォームとして二〇一二年に設立された。開かれた対話、個人的・芸術的表現の推進を目的としている。

201　ヘルマン・グマイナーにより一九八六年一月にダッカに開校された。

202　孟子の母がわが子の教育のために三度転居をした故事から環境の悪い影響を避けることが大切という意味。

203　ラビンドラナート・タゴールはインド・ベンガル地方のカルカッタに生まれた詩人、思想家、作曲家。一九一三年にアジア人に与えられた初のノーベル賞であるノーベル文学賞を受賞した。

204　パキスタン統治下のバングラデシュで一九六一年ベンガルの文化・音楽遺産の振興と育成を目的にラビンドラナート・タゴールの生誕一〇〇周年を記念して設立された。

ているＮＧＯなんだ。午後のＳＯＳチルドレンズ・ヴィレッジは独立戦争で親を失った子供たちの施設としてオーストリア人医師ヘルマン・グナイダーさん[205]により戦争直後に創設された。このような学校のお蔭でバングラデシュは九〇年代、識字率が三五パーセントだったのが今では五七・八六パーセント[206]になっているんだ。いま持続的開発目標ＳＤＧｓで二〇三〇アジェンダとして一七の目標を掲げているけれど、その前の二〇〇〇から始まったミレニアム開発二〇一五年目標ＭＤＧｓ[207]の達成に関してはバングラデシュはチャンピオンと言われていることは知ってるよね

エリ　日本の若い人がやっている学校もありますね

マット　ｅ-エドゥケーション[208]っていうのだね。ふたりの日本の青年がやってる。誇らしいね。他の学校と一味違うのはラップトップのＰＣとポケット型ｗｉｆｉ《ワイファイ》を供与して一流の教師による授業をオンラインで配信してることだ。ダッカのような都会の子供たちは塾や予備校や家庭教師に恵まれている。しかし地方の貧しい農漁村ではそんな便宜は全くない。そんな子供たちにとってリモートな授業はかけがえのない

貴重な機会なんだ。しかも直接先生に質問できるし、ＤＶＤで何度でも復習できる。それが大成功してるんだよ。今まで過去四〇年間にたった一人しか大学に行けなかったチャンドプル県《ディストリクト》[209]のハイムチャー郡《ウパジラ》[210]の村からオンライン受講生の三二人中、一八人の合格者が出たんだ。そのうちの一人は今ダッカ大学で法学を学んでいて将来は弁護士になって恵まれない人を助けたいと言っているって。頼もしいね

205 オーストリアで医学生だった時、第二次世界大戦で孤児となった子供たちのために愛ある家庭と地域社会を作るために一九四九年イムスト村に世界で最初の子供の村を設立した。

206 二〇二三年では七五パーセント(ユネスコ統計局二〇二三年)。

207 二〇〇〇年九月にニューヨークで開催された国連ミレニアム・サミットで採択された国連ミレニアム宣言を基にまとめられた、二〇一五年までに達成を目指す国際開発目標。

208 途上国における子供の教育機会の格差をなくすためにＩＣＴ《アイシーティー》(情報通信技術)で教育支援をするＮＧＯ。

209 メグナ川のほとりにある県《ディストリクト》。

210 六つの町村議会《ユニオン・パリシャッド》(チャー・バイラビ、ダクシン・アルギ・ドゥルガプール、ガジプール、ハイムチャー、ニルカマル、ウタール・アルギ・ドゥルガプール)から成る郡《ウパジラ》。

エリ　それ、e-ラーニングシステムとしてJICAのプロジェクトになりましたよ

マット　そうなんだ！　ベンガル出身で一九九八年にノーベル経済学賞をアジア人で初めて授与されたアマルティア・セン[211]が「正しい情報へのアクセスには健全な民主主義が必要であり、民主主義が大飢饉を回避できる」[212]って言っている。センさんは一九四三年九歳の時、お父さんがダッカ大学で化学の教授をしていたので三〇〇万人が飢えて死亡したベンガル飢饉[213]を直《じか》に体験しているんだ。当時、独立前のインドにはじゅうぶんな食糧が存在していたが農場労働者たちは食糧を購入することができなかった。分配の問題だったというのだ。具体的に言うと低い賃金、失業、食糧価格の高騰、劣悪な食糧流通システムなどにより底辺の人たちのみが飢餓の犠牲になる。そのため経済成長以前に教育や公衆衛生といった社会的な改革を必要とするということだ。これって今でも通用することじゃない？　パンデミックとか戦争、テロとか世界に良くない雲が垂れ込めているけど良い風を起こして吹き飛ばしたいと思わないかい？

エリ　吹き飛ばしたいです

211　経済学者、哲学者。一九九八年にノーベル経済科学賞受賞。英領インド、ベンガル州サンティニケタンに生まれた。

212　参照『貧困と飢饉』（岩波書店、二〇〇〇年）

213　第二次世界大戦中に英領インドのベンガル地方（現在のバングラデシュと西ベンガル）で起こった。

# 21　ベンガルに四月に咲く花

**登場人物**

バーブル・ナーマ（43）ムガル帝国の初代皇帝。
ジャラールッディーン・ムハンマド・アクバル（22）ムガル帝国の第三代皇帝。

**あらすじ**

イスラム教の国であったムガル帝国の第三代皇帝アクバルが非イスラムであった国民のため融和策として行なった暦の改革に起源をもつ新年祭の行列《マンガル・ショブジャトラ》がダッカで一九八九年に本格的に始まった。ダッカ大学芸術学部の学生と教員が主催して手作りで作った作品の売り上げで運営される。それは母語であるベンガル語への弾圧や宗派の違いに基づく差別を乗り越え一九七一年にパキスタンから独立したときの悲劇を繰り返さないという願いがあるからだ。学生や教員たちは非民主的な支配に対抗して創造的に闘い、より良い未来への希望をつなごうとしている。色とりどりの動物や伝説上の人物の仮面や人形は危機に臨んで宗教や言語の垣根を超えて団結するという意思を示している。

## バリダラ地区・グルシャン湖畔（二〇ＸＸ年四月十三日早朝）

グルシャン湖に沿って南北に走る国連ロード[214]脇の遊歩道を南方向に片手に万歩計を持って歩くマット・ヤマゲ。

遊歩道に植えられている鳳凰木《クリシュナ・チュラ》[215]が紅っぽいオレンジ色の花を咲かせている。

マット、未明に降った暴風雨に煽《あお》られて落ちている花や葉のついた枝を拾う。

マット、枝を片手にコミュニティゲートを出て車道を右折して湖を跨《また》ぐ橋を渡る。

214　グルシャン湖東岸のバリダラ界隈の並木道。

215　オレンジ色、緋色の五弁花をつけるマメ科デロニクス属の落葉高木。学名デロニクス・レギア。

## 越境性動物感染症緊急センター・センター代表オフィス

モニラ・ブイヤン、デスクの上の花瓶に鳳凰樹《クリシュナ・チュラ》を生けている。ニティシュ・ドブナッハ、カラム・チョードリーがマットとソファで雑談している。

**マット**　モニラ、ありがとう。部屋が映えるね

**カラム**　今、満開ですね。花屋で買われたんですか？

**マット**　遊歩道に落ちていたんだ、花のついた太い枝ごと。ゆうべの嵐で落雷があったんだね。そうじゃないと、高い木に咲いてるから手が届かないんだよ

**カラム**　新年祭を象徴する花ですよ、この鳳凰樹《クリシュナ・チュラ》

**マット**　近くで見るとこんなに大きな花とは知らなかったよ。手のひらよりも大きい

**マット**　明日の新年祭、ベンガル暦で新年の元旦って言うけどこの時期に新年ってどうしてなんだい？　日本やほかの東アジアの国々じゃグレゴリオ暦[216]とは別に旧暦といって二月くらいにも新年を迎えるお祝いがあるけど、四月っていうのがよくわからないな。旧暦は月の動きに従っているから農業や漁業の従事者にとっては今も大切なんだ。旧暦の八月一五日に中秋の名月観賞といった習わしもある

**カラム・チョードリー**　昔、ムガル帝国[217]がインドを治めていた時代に作られた暦です。ムガール帝国の第三代のアクバル帝[218]がそれまで使われていた太陰暦のイスラム暦と太陽暦のヒンドゥー暦を組み合わせた新しい暦を作成させてそれをもとにベンガル

216　ローマ教皇グレゴリウス一三世がユリウス暦の改良を命じ、一五八二年一〇月一五日金曜日から用いられている暦法。
217　一六世紀に成立したムガル帝国は、インドの広い地域を二世紀にわたって支配した。
218　ムガル帝国全盛期の第三代皇帝。非ムスリムに対する人頭税《ジズヤ》の廃止などのヒンドゥー教徒との融和を図りながら、北インドをほぼ平定し、さらに領土を広げた。

暦を導入したんです。ムガル帝国はバーブル・ナーマ[219]がアフガニスタンのカブールから侵攻してデリーに建国したイスラム教国家ですが、インドはヒンドゥー教徒が多数派でした。暦の違いにより徴税の時期が季節外れであったために納税が難しかったのです。両宗教の融和策でもありました。祭りの日付はベンガル暦で最初の月の初日に設定されています。それがグレゴリオ暦で毎年四月一四日頃になるんです

**ニティッシュ・ドブナッハ**　このベンガル暦に基づく新年の祝いはベンガル地域で行われていましたがこの新年の行列《マンガル・ショブハジャトラ》[220]が開始されたのは一九八九年になってからです。それはパキスタンからの独立後、時が経つにつれ母語であるベンガル語への愛情や宗派の違いに対する寛容という独立の時の教訓を忘れてしまわないようにするためです

**マット**　分離独立の前後も言語弾圧や宗派の対立などで大変な犠牲が払われたからね

**ニティッシュ**　そうです。ダッカ医科大学[221]の近くにはその記念碑[222]もあります

**マット**　そんな背景があるからこの新年の行列《マンガル・ショブハジャトラ》がユネスコ無形文化遺産に認定されてるんだね。ダッカ大学芸術学部の学生と教員が始めたっていうのが面白いね

## ダッカの中心部の大通り（二〇XX年四月十四日）

市内のダッカ大学周辺がフェスティバルの行列と見物の群衆で埋まっている。群衆の隙間から行列を観るマット、ニティシュ、カラム、イスマイル。

**マット・ヤマゲ**　バングラデシュの新年の始まりのお祝い《ポヘラ・ボイシャキ》にふさわしい人出だね。見渡す限

---

219　ムガル帝国の初代皇帝。

220　バングラデシュにおいて、ベンガル新年初日《パヘラ・バイシャック》に行われる大行進。一九八九年から開始され、二〇一六年にユネスコ無形文化遺産に登録された。

221　ダッカ大学の医学部。

222　母語であるベンガル語の対等な社会的地位を要求して一九五二年二月二一日に犠牲になった多くのベンガル人を追悼する目的で「言語への愛の記念碑《シャヒード・ミナール》」が建設されている。

り人だらけだ

**イスマイル・ラーマン**　新年祭の行列でベンガル暦の第一日目を祝っているんです。これはイスラム教徒もヒンドゥー教徒も一緒になって祝える国民全体の祭りです。宗教に関係なくベンガル語を母語とする者たちが祝うんです。だからインドのベンガル語圏でもやっています

**マット**　巨大なゾウ、フクロウやトラや太陽の形の仮面や人形が色とりどりでウキウキするね。トラの大きな人形まで手押し車に乗って繰り出している。魚の人形もある。諸派混淆《シンクレティズム》の意味を込めてるんだろうな

**ニティシュ**　いろいろな動物もあれば伝説上の人物もあります

**マット**　日本の埴輪のようなテラコッタもあるね

**ニティッシュ**　あれはテパ・プトゥルという伝統的な民芸品です

**カラム**　ダッカ大学の近くのラムナ公園[223]ではベンガル菩提樹《バニヤン》[224]の木を囲んでタゴールの歌の演奏や詩の朗読があります

**マット**　日本の新年お祝いみたいなものだな。どうせ迂回をしないといけないんだ。よし、脇道を通ってラムナ公園に行ってみるか、今日は祭日だし

## ラムナ公園

ベンガル菩提樹《バニヤン》の巨木の元に作られた仮設舞台の上で合唱や詩の朗読が行われるのを中心にして聴衆が取り囲んでいる。

223　ダッカの中心部モウラナ・バシャニ通りの東側にある。ダッカで最も古い公園のひとつ。

224　ベンガル菩提樹、学名フィカス・ベンガレンシス。

マット　すごい群衆だ。この森林公園が人であふれ返っている

イスマイル　夜明け前から人が集まってきているようです

遠くから行列のベンガル太鼓ダク[225]のリズミカルな響きが聞こえる。

マット　セミが太鼓に競って鳴いてるね

カラム　これから六月中旬までが夏ですから

マット　鳳凰木《クリシュナ・チュラ》って微妙な温度変化を感じ取って咲くんだね

カラム　確かにこのシーズンに限って咲く花です。今一年で最も暑いシーズンです。終われば雨の降り続くモンスーンです

**マット**　このマダガスカル島原産の木は不死鳥《フェニックス》に例えて「鳳凰の木」とも呼ばれてるんだ。年のはじめに咲く花の名にふさわしいね

**カラム**　いい名じゃないですか

225　ベンガルの伝統楽器である巨大な膜鳴《まくめい》楽器。

〈著者紹介〉

## 山家又祐（やまげ またすけ）

三重県志摩市生まれ。分子細胞生物学者。獣医師。アジア自立支援機構理事。英語検定一級。

山口大学獣医学科卒業。東京農工大学大学院修了（家畜内科学）。医科学研究所熱帯病学研修修了。東京大学大学院医学系研究科（医動物学）満期退学。ベルン大学大学院修了（理学博士、専門は分子生物学）。

実験外科学研究所（ダボス）研究員、英国ストレンジウェイ研究所（ケンブリッジ）客員研究員、ベルン大学研究員（ベルン）、米国立衛生研究所 NIH アレルギー・感染症研究所 NIAID 寄生虫病研究部フォガーティ・フェロー（ベセスダ）、ブリティッシュコロンビア大学微生物学・免疫学教室研究員（バンクーバー）、東京大学日本学術振興会招聘研究員、米国農務省 USDA 連邦政府生物学者（ベルツヴィレ）、国際家畜研究所 ILRI 分子生物学者（ナイロビ）、農業生物資源研究所・自然免疫研究ユニット研究員（つくば市）などで熱帯寄生虫病の研究に従事。

国際獣疫事務局 OIE アジア太平洋事務所技術コンサルタント（東京）、国際連合食糧農業機関 FAO シニアテクニカルコーディネーター（ダッカ）、宮城大学非常勤講師、サステイナビリティ技術設計機構（つくば市）調査研究員などを歴任。

現在本の執筆や Facebook にブログを書くかたわら月に一五キロの水泳を楽しんでいる。

# 気候変動最前線《ベンガル》にて


2024 年 10 月 30 日　第 1 刷発行

著　者　　山家又祐
発行人　　久保田貴幸

発行元　　株式会社 幻冬舎メディアコンサルティング
〒151-0051　東京都渋谷区千駄ヶ谷4-9-7
電話　03-5411-6440（編集）

発売元　　株式会社 幻冬舎
〒151-0051　東京都渋谷区千駄ヶ谷4-9-7
電話　03-5411-6222（営業）

印刷・製本　中央精版印刷株式会社
装　丁　　野口萌

検印廃止



Printed in Japan
ISBN 978-4-344-69170-4 C0093
幻冬舎メディアコンサルティングＨＰ
https://www.gentosha-mc.com/